# 青城

徐则臣 著

北京出版集团
北京十月文艺出版社

那段时间我总梦到老鹰在天上飞。一直飞,不落下。

它背后是嶙峋的高山,我能听见它的身体划破气流的声音。

这种毛茸茸的清冽之声经常让我产生错觉,

觉得自己的肋骨和后背上也生出了一对巨大的翅膀。

整个北京在喧闹,剩下居延一个人。

居延突然觉得腰软了一下,承受不了体重似的,

弯腰驼背地坐到床沿上。

难过得肚子里空空荡荡,身上直冒虚汗。

年就是年,年不是一年中随便的某一天。

其他时间她都扛得过去,年不行,她终于有事了。

目录

001　西夏

069　居延

149　青城

178　作品专访

# 西夏

一

我缩着脖子打瞌睡,怀里抱着一本书。手机响了,是我的女房东,敞开嗓门问我现在在哪儿。当然是书店了,我说,还能在哪儿。房东说,快点,赶紧的,到派出所去。警察到处找你哪。她说,打我们家好几次电话,我都急死了。她应该是急了,不急她是不会舍得花三毛钱给我打电话的。

"你是不是犯什么事了?"女房东俨然是在跟一个罪犯说话。

我没理她，关了手机。我整天待在这屁股大的屋子里，能犯什么事。可是不犯事警察找我干吗？我还是有点毛，这里面三五十本盗版书还是有的。我看了看书架后面，没有一个顾客。大冷的天，谁还买书。我锁上门，外面已是黄昏，灰黑的夜就要降临，北京开始变得沉重起来。

风也是黑的，直往脖子里灌，这大冷的天。我骑着自行车向派出所跑，一紧张手套也忘了拿。什么时候车都多。我从车缝里钻过去，闯了两个红灯，到了派出所浑身冰冷，锁上车子后才发现，身上其实出了不少汗。

派出所里就一个房间亮着灯，一个胖警察在屋子里走来走去。我敲敲门。

"你就是王一丁？"那警察拉开门劈头盖脸就问，唾沫星子都溅到了我脸上。

"我就是。"我对着屋里充足的暖气打了一个巨大的喷嚏。因为房间里还有一个姑娘，我把第二个喷嚏活生生地憋回去了，"我没犯事啊？"

"那这姑娘是怎么回事？"胖警察指着那姑娘问我，"我都等了你三个小时了。你看，"他伸出手表让我看，"已经下班一个小时零十二分钟了。赶快领走。"

他让我把那姑娘领走。那姑娘长得挺清秀的,两个膝盖并拢坐在暖气片旁的椅子上,眼睛扑闪扑闪地看着我。我就听不懂了,她是谁啊我领她走?

"人家来找你的,不知从哪儿来的,叫西夏。"胖警察的一只手已经伸进了军大衣的袖子里,空闲的那只手把桌子上的一张纸拉过来给我看,"你是打哪儿来的?噢,我又忘了,你是个哑巴。"

我看了看那张纸,上面谁用自来水笔写了一行看起来不算太难看的字,有点乱:

王一丁,她就是西夏,你好好待她。

下面是我的电话号码,也就是房东家的号码。

我又看了看那姑娘,高鼻梁,长睫毛,眼睛长得也好看。可我不认识她。

我说:"你是谁?谁让你来找我的?"

胖警察说:"我不是跟你说过了吗,她是个哑巴。"

哑巴。我又去看那张纸条,上面的确写的是我的名字。她应该就是西夏。"我不认识她。"

"我也不认识。"胖警察说。他已经穿好了另一只袖子，开始扣大衣最后一个纽扣，"赶快领走，我还要去丈母娘家接儿子，今晚又要挨老婆骂了。"

"警察同志，我真的不认识她。"

"神仙也不是生来就相互认识的，快走，"他把我往外面赶，然后去拉那姑娘起来，"再看看不就认识了。"

"可是我真的不认识！"

"怎么？"胖警察头都歪了，指着墙上的警徽说，"这是派出所！"啪地带上了门。然后发动摩托车，冒一串烟就跑了。

胖警察走了，那姑娘就跟在了我身后。她是冲着我来的，看来我是逃不掉了。我推着车子走在前面，速度很慢，以便她能跟得上。她把手插在口袋里，我转身的时候她在看我。如果她不是个莫名其妙的陌生人，在大街上遇到了我会多看她几眼的。真的不错，走路的样子都好看。我把速度继续放慢，跟她走了平行。

"你叫西夏？"

她点点头。

西夏。我想起了遥远的历史里那个偏僻的名字。一个骑在马上的国家和一大群人，会梳很多毫无必要的小辫子。太远了，想不起他们到底长什么样子了。这姑娘竟然叫了这么一个怪名字。

"西夏。"我说。

她又点点头。

我还想再问问她点什么，肚子叫了。往常的这时候我早该吃晚饭了。于是我又问她：

"饿了吧？"

她点点头。

回去做饭有点迟了，我带着西夏到马兰拉面馆吃了两碗牛肉拉面。热气腾腾的两碗面下去了，汤汤水水的，让我觉得在这个冬天的夜晚重新活了过来。海淀桥上的绿灯亮了，桥上车来车往。我们继续往前走。我住在北大西门外的承泽园里，从硅谷往北走，到了北大西门时进蔚秀园，穿过整个蔚秀园，再过从颐和园里流出来的万泉河，就是承泽园。

我租的是平房，有点破，不过一个人住还是不错的。我所以找了这间平房，是因为它门前有棵老柳树，很粗，老得有年头了，肚子里都空了，常常有小孩捉迷藏时躲进去，一个大人都站得进去。我就是喜欢这棵柳树才决定租这房子的。小时候，我家门口也有这么一棵老柳树。我喜欢柳树，春天来了，枝条就大大咧咧地垂到了地上。蔚秀园里行人很少，一路清冷，她是个哑巴，我也懒得说话了。一大早爬起来去图书大厦进书，然后运回来，整理，上架，忙忙叨叨的一天。幸亏天气冷，一直清醒着，现在牛肉拉面下了肚，身子暖起来，瞌睡也跟着来了。

我把自行车放好，就去敲女房东的门。我想让西夏先和她住上一个晚上，什么事都等到天亮了再说。女房东从门后面伸出个头来，看了看西夏，又看了看我，说：

"这姑娘是？你真的犯事了？这可怎么得了！"

"犯什么事！"我说，"帮个忙，让她跟你挤一夜。我屋小，她又是个女的。"

"她是谁？"女房东脖子伸得更长了。

"她叫西夏，不喜欢说话。别的我就不知道了。"

女房东以为我在开玩笑，对我暧昧地笑了。四十来岁的女人，多少有点神经过敏。为了让她同意收留西夏，我好说歹说，最后终于承认她是我女朋友。这么说我都不好意思，我从来没有带过女孩来过这间小屋。没有女孩可带。

女房东说，照直说不就结了，你看把这姑娘晾在外面，都冻坏了，快进来快进来。真是的，对阿姨也不说实话。

## 二

第二天早上，西夏的敲门声把我叫醒了。昨夜也没想什么心事就睡了，结结实实的一觉。我看看手表，才早上七点。天还没有亮开。我躺在被窝里磨蹭了几分钟，实在觉得莫名其妙，天上掉下了个大活人。起码我应该知道她的前因后果，为什么要来投奔我。可我什么都不知道，她不说。昨天晚上我在路上和拉面馆里都问了，问她哪里人，谁让她来找我的，找我干什么，她要么摇头，要么愣愣地看着我，或者是做着我看不懂的手势。总之我是什么也没问出来，也许她多少表达了一点，但是我还是一点都没弄明白。我从没和哑巴打过交道。我觉得我还应该继续问下去。

西夏梳洗过后人更清秀了，整个人似乎都变得新鲜了。她冲我笑笑，进了我的房间，很自然，好像她和这陌生的屋子也有不小的关系。我还站在门前发愣，用披在身上的羽绒服把自己裹紧，早上空气清冷，整个园子都很安静，哪个地方有几声鸟叫，一听就是关在笼子里的那种鸟。

女房东从门后伸出头来，招呼我到他们家去。他们家的暖气比我屋里的好多了。"她不是个哑巴吧？"女房东说，表情严肃，声音很重，显然在向我强调一个事实。说过以后可能又觉得话有点重了，立刻换了一脸来路不明的微笑，"不过人倒是不错。不管怎么样，有总比没有好。"

她的意思我明白。我笑笑，说："阿姨，你误会了，我不认识她。"

"不认识就带回来了！你真行，我儿子要有你这手段就好了。"

"我是说，我们没有任何关系，完全就是陌生人。真的。"

"我不信，陌生人人家就这么跟你回来了？"

"不知道谁在哪里找到我的名字和你家的电话号码，就让她找来了。她是谁，要干什么，我都不清楚，昨天晚上还没来得及问出个头绪呢。我也在纳闷。"

"那，这样的人你怎么敢带回来？"女房东的脸立马长了一大截,"她会不会是装哑巴?这年头什么人没有!"

这我倒没想到,经她一说我觉得问题是有那么一点严重。我知道她是什么人就带了回来?我从女房东家里出来,都有点心事重重了。我简单地洗漱了一下,从水池边回来,发现西夏已经开始做早饭了。看到我在发愣,就笑笑,指指旁边的半把挂面,又指指正冒热气的铁锅,她告诉我我们的早饭是面条。她像这个小屋的主人一样,对我的厨房驾轻就熟。这让我倒不好开口了。我到沙发上坐下,点上一根烟,只吸了几口,就让它慢慢燃着,我就不明白她怎么就这样不可思议呢。

那根烟烧了一半,面条做好了。这个名叫西夏的姑娘把面条端到了小饭桌上,我的那碗里还有两个荷包蛋。然后,她摆上了我在超市买的小咸菜和辣酱。她把筷子递给我,低下头开始吃自己的那一碗,没有荷包蛋。我捏着筷子看她吃,梳成马尾巴的头发在我面前一点一点的。我夹了一个荷包蛋给她,她对我摇摇头,又还给了我。继续低头吃面条,吃得很细,一根一根地吸进嘴里。

我问:"你到底是不是哑巴?"

她抬起头看我,对我的问题好像很惊讶,但是却对我摇了摇头。

"不是哑巴那你为什么不说话？"

她摇摇头，又点点头，脸上出现了悲凄，手里的筷子也跟着瞎摇晃起来。

"你是说，你过去不是哑巴，但是现在是了？"

她用力地点头，示意我快吃，面条快凉了。

我挑了一筷子面条，又问她，为什么现在不能说话了？她还是摇头，头低下来，似乎我再问下去她就要哭了。她也不知道。我还想再问下去，看到她吃得更慢了，就打住了。我想算了，不管她是什么人，总得让她吃完这顿饭。我们都不再出声，她给我夹菜我也不出声。夹菜的时候她不看我，动作很家常，像妻子夹给丈夫，像妹妹夹给哥哥，一副理所当然的样子。

吃完饭，她开始收拾去洗刷。我又点了一根烟，看着烟头上烟雾回旋缭绕。说实话，我真不知道该怎么处理这种怪事。我看看表，离书店开门还有一个小时，我想提前去上班。

穿好衣服，我对着厨房说："我去上班了，你离开的时候把我房门带上就行了。"然后我就走了，我想她懂我的意。为了把时间磨蹭过去,我决定步行去书店。那个小书店是我和一个朋友合伙搞的,不好也不坏,北京这地方的生活基本上还能对付过去。这几天轮到我来打理。一般都是早出晚归,中午一顿随便在哪个小饭店里买份盒饭就打发了。刚出了承泽园,在万泉河边上遇到了买早点的女房东。

"那姑娘呢?走了?"她问我。

"没有,还在洗碗。"

"那你问明白了?"

"没有,她不会说话。我也不想问了,也不好意思赶她走,拐了一个弯,让她离开的时候把房门带上。"

"你犯糊涂了是不是?你知道她是什么人?哪有把门留给一个陌生人的!"

"就一间小屋,又搬不走。我没什么值钱东西。"

"这可是你说的,"女房东大概觉得很气愤,甩了一下手里的油条就走了,"出了事别说阿姨没提醒你!"

能出什么事,我和穷光蛋差不了多少,小偷来了我也不担心。但那是她家的房子。我磨磨蹭蹭地走,万泉河结了厚厚的一层冰,我想北大未名湖里的冰应该会更厚,每年这个时候都有很多学生在上面溜冰，我也冒充年轻人去玩过几次。穿过蔚秀园，在北大西门那儿停了一下，看了看硬邦邦站着的门卫，又放弃了去北大校园里转一圈的念头。

这一天同样乏善可陈。和过去的无数天一样：开门，简单地收拾一下，卖书，记账，端到手里就冷掉了的盒饭，还是卖书，偶尔的一阵小瞌睡，坐着的时候若不瞌睡就找一本有意思的书翻翻。我喜欢看书，什么书都看，都瞎看。因为开这个书店，日积月累竟也翻了不少的书，又加上要掌握出版界和图书销售行情，肚子里稀里糊涂也算有了点墨水。这是别人说的，我朋友，还有那些买书的人，比如北大、清华的一些学生，我隔三岔五还能和他们侃上几句。这么一来，搞得我多少有点自我感觉良好，就更加热爱看书了。我也不知道我看书到底是为了什么，大概就是为了能够得到点可以和别人对话的虚荣感吧。不知道，反正是爱看了，有事没事就摸出一本书来，看得还像模像样。

先亮一盏灯，再亮第二盏，三盏灯全亮起来，天就快傍晚了，我该关门回家了。

那天傍晚回家也回得我心事重重。总觉得心里有点事，大概是看书看的，那本让人不高兴的书看了半截子，心里总还惦记着。也可能是平常都骑自行车，跑得快，今天突然改步行了，一路东张西望，满眼都是冷冰冰的傍晚、行人和车，看得我都有点忧世伤生了。花了大半个小时我才走到家，看到了温暖的老柳树的同时，也看到了温暖的灯光从我的小屋里散出来。我终于明白那个心事，是那个叫西夏的女孩。门关着，我站在门前，听到了里面细微的小呼噜声。她竟然还没走。我推门进去，她就醒了。她蜷缩在沙发上，像只猫，揉揉眼站起来，打了一个寒战。她对我笑笑，让我坐下，她去热一下饭菜。她把晚饭做好了，两菜一汤在饭桌上。既然没走，也只好这样了，我坐下来，点上烟，等一桌热气腾腾的晚饭。

饭桌上我几次想问，为什么没有离开，犹豫了几次还是算了。她的晚饭似乎吃得很开心，饭菜的味道也不错。她的日常化的夹菜终于让我有点尴尬了，我意识到这是晚上，我们是一对陌生的男女，这种顾忌让我不习惯。我觉得我得让她走了。

更尴尬的还在后面。

吃过饭西夏洗碗，我去敲女房东的门，想让她再收留西夏一个晚上。敲了半天，门才开，女房东打着哈欠让我进去。

"那姑娘怎么还不走？"她问我，两只手还在忙着手里的毛线活，眼睛盯着电视。

"我就是为这事来的，阿姨，"我说话也变得不畅快了，"我想请你再让她在你这儿住一晚，明天我就让她走。"

"哎呀，真是不好意思，我们家老陈今晚有可能回来，这就不好办了。"

"陈叔不是出差了吗？"

"是啊，出差也不能不回家呀。他在电话里说了，就这两天，可能今夜就能赶到家。你看，总不能三个人睡一张床吧。"

"你们家不是还有一张空床吗？小军的。"

"那床好长时间没人睡了，再说，小军特烦陌生人进他的房间。"

"那能不能让陈叔委屈一下？"

"小王，这个，你看我们家老陈出门这么多天了，刚回来，总得，不怕你笑话，人都说小别胜新婚。你陈叔是个急性子，你也知道。"

话都说成这样了，四十多岁，正是饱满的欲望之年。我还能说什么？扯了个幌子，我敷衍几句就离开了。我知道她在推辞，我临走的时候她又告诫我：

"小王，来路不明，早晚是个祸害。"

那晚陈叔当然没有回来。当然这已经不是我的事了。我的事很麻烦，我必须和一个陌生女人同居一室，这怎么说都是件别扭的事。她在烧热水，电视的声音调得很小。我帮她调大了一些。在电视上别人的声音里，我抓着头皮说：

"房东那边今晚不方便，只好委屈你住这里了。"

她点头答应着，好像早就知道会是这个结果。煤气灶上的水开了，她像家庭主妇那样去灌热水瓶。我知道女人的事很麻烦，就告诉她哪个是脸盆，哪个是脚盆，然后就关上门出来了。我在外面找不到事干，就抽烟，打火机照见了屋檐下一溜衣服，被冻得硬邦邦的，裤管直直地站在夜里。她把我的脏衣服全洗了。我被感动了一下，除了我妈和我姐，还没有女人给我洗过衣服。大冷的天，她洗了一大堆衣服。

一根烟抽完了，她把门打开让我进去。她做出怕冷的样子，她怕我冷。她堂而皇之地在我面前脱掉鞋袜开始洗脚，我努力将目光固定在电视上，还是看见了她的脚，白得让人触目惊心。她的脚让我深刻地意识到，这是一个女人。真要命。我决定去收拾一下床铺。让她睡在床上，我把长沙发打开，临时做成了一张床。缺的是被褥，我只有一套。只好从衣橱里把所有能摸出点厚度和温暖的衣服全找出来，铺在沙发上做垫被，我得和衣而卧，身上盖一件棉大衣了事。

那晚我就这么睡的。说句没出息的话，真有点惊心动魄。我让她先睡，我要看一会儿书，背对着她，戴上耳机听音乐。大约十一点的时候，我拿下耳机，听到了她的微小的呼噜声。女人的这种小鼾声让我觉得莫名其妙地可爱。她睡得像只猫，被子弯曲成身体的形状。我灭了灯，在沙发上缩成一团，穿着衣服睡还是冷。冷也睡着了。

后半夜我翻身，听到了一点声音，下意识地睁开眼，西夏竟然睡在了我身边，她也到了沙发上。她把被子一大半盖在我身上，我翻身时压到她的胳膊了。她侧身面对我睡，另一只胳膊放在我身上，像在微笑似的撇了撇嘴。当然她还在熟睡。我出了一身的汗，谨慎地转过身背对她，平息了很久才重新入睡。

我醒来时她已经起床了,正准备做早饭,什么也没有表示。

## 三

"你不能再留在这里了,"我看着筷子说,"不管你是干什么的,为了什么,你都得走了。我们这样很不方便。"

西夏半天没动静。我瞟了她一眼,她竟然流眼泪了,她对着我摇头。我就搞不懂了,一个闯入者,她倒觉得很委屈。委屈也不行。我匆匆吃完早饭,给了她五百块钱做车费,就去书店了。路上我也转过一个念头,就是她真不愿意走,那就只能留下来给我做老婆了,可是我要个哑巴干吗?连句话都不能说。再说,谁知道她到底想干什么?就像女房东说的,这年头什么人都有,赔了夫人又折兵也说不准。还是得让她走。当然得让她走。

但是西夏没走。晚上我回来,远远就看到小屋里灯光明亮。我在门前停下来,看到了灯光里的一溜晒洗的衣裳,花花绿绿一堆女人的衣服。我推开门，西夏正在衣橱前比画一件长棉袄，看到我先是把衣服藏到身后，然后又拿出来，像小姑娘那样穿上让我看，在镜子和我面前转来转去。挺不错的一件衣服，我说，好。

她又从棉袄的口袋里掏出一条咖啡色的围巾，踮着脚给我围上，给我买的。她把我拉到穿衣镜前，点着头盯着我眼睛看，我说好看。她很高兴，掏出一把钱给我，大约两百五十块钱。这是剩下的，她把我给的车票钱买了一堆衣服。

"你，"我说，"怎么没走？"

她低下头，脱下新棉袄，换上旧衣服和围裙，一声不吭去了厨房。我有点火，她竟然把钱都买了衣服，看来是打算长住了。这怎么行。我打开电视，《新闻联播》刚刚开始。我习惯性地点上烟，也不打算认真抽，我就在想，这个叫西夏的女人她到底想干什么。想不清楚，我得承认自己在这方面缺乏想象力。又在读过的书里找，好像没有读过类似的故事，倒是一些诡异的案件里会出现这样的情节。先是一个不速之客，通常是美人计，接下来就是人财两空，家破人亡。想得我后背都有点发冷了。这时候热腾腾的晚饭上来了,她把做好的晚饭热了一下。

除了和朋友在饭店里,我一个人在家里从没吃过这么丰盛美好的晚饭。她指着刚才我随手放在电视机上的钱,告诉我她用了其中一些钱买了这些菜,还有一些,在厨房里。

饭菜很可口,可是一个难堪的夜晚又要来临了。早知道这样,我白天就去买一套被褥了。

我们吃到一半的时候,女房东在门外叫我,声音很大,像要找我吵架。我让西夏先吃,我开门出去。女房东拉着我就往他们家里走,把门摔得响声动荡。

"你看,你看!"她指着电视机旁边一块空白的桌面说,"钱没了!两百块钱没了!"

"什么两百块钱没了?"

"我的,早上我洗衣服放在上面的,刚刚才发现,钱就没了!"

"钱没了跟我有什么关系?我刚刚从书店回来。"

"不是你,但是你脱不了责任!"女房东火气很大,"一定是你招来的那个野女人偷的!她来过,她来借搓衣板。"

"阿姨,这事查清楚了再说,她可是一个女孩子。"

"就因为是个女孩子才更让人恶心！这屋里只来过三个人，我，你陈叔，他上午刚回来，回来就去单位报账了，还有就是你的那个哑巴。除了她还有谁？"

"是不是陈叔拿了，忘了告诉你？"

"我们家老陈出差刚回来，身上的钱还没花一半，他要两百块钱干什么？你看看你屋檐下，晾了那么多新衣裳，还有，哑巴又买了一件棉袄，哪来的钱？"

"我给的，五百块。她花了两百多。"

"她就是骗白痴的，那么多衣服就两百多？她还把棉袄拿给我看，那棉袄就不会便宜！一个大姑娘家，把裤衩、胸罩挂在门外招摇，用膝盖想也知道那不是个好货！你看这事怎么办？等你陈叔回来商量一下，要么你别再租我们家的房子了，我们租不起！"

她说得我火冒三丈，我不是都给你五百块钱了嘛，你还拿别人的钱干吗？

我气势汹汹地回到自己的房间，她在等着我一起吃饭。她要给我换一碗热稀饭，我说你别换了，我已经饱了。我从箱子里找出一个空闲的大包，闷声不响地出了门，把她晾在屋檐下半干的衣服全塞进了包里。塞完了进屋，把她

的新棉袄也塞进去。拉好拉链往她旁边的沙发上一扔,声音立刻大起来:

"走,现在就走!想到哪儿去到哪儿去,别让我再看见你!好,你怕饿是吧?再给你两个馒头!不,都给你,我让你都拿走!"

我把剩下的馒头全塞进了包里,一把将她从凳子上拎起来,吓得她筷子和馒头都掉在了地上。她开始哭了。她开始发抖,横竖不愿意离开小屋。可是我正在气头上,力气大得让我自己都吃惊,我一手拎包,另一只手拖起她就往外走,她怎么挣扎也无济于事。我把她一直拖到承泽园门外,把包摔到地上:

"你走吧,我们本来就什么关系都没有。走吧,我不想再看到你!"

然后我转身回家。她啊啊的哭声和叫喊声我充耳不闻,越来越小,终于听不见了。回到屋里,我把剩下的饭菜全都倒掉了。我觉得气愤,难过,我觉得我被别人耍了一把。不速之客本身就够荒唐的了,她竟然还手脚不干净。这成了什么事。我一个劲儿地抽烟,什么事也不想干,就想我怎么就遇到了这种事。我在北京混了七八年了,没人疼没人爱的，吃过苦受过罪，没有奇迹，没有艳遇，好不容易开始经营一个屁股大的小书店，能挣上碗饭吃，就有人算计我了。心里憋得慌，把眼泪都给憋出来了。

我抽了大约半盒烟，流了一大把眼泪，才想起来要赔女房东被偷的钱。这事因我而起，理当我来负责。我敲开他们家的门，陈叔开的门，他从单位回来了。

"不好意思，陈叔，阿姨，给你们添麻烦了，"我说，"我把那姑娘赶走了，被她拿走的两百块钱我给送过来了。"

陈叔说："小王你坐，正说这事呢。刚才你阿姨错怪那姑娘了，钱是我拿的，我是怕被老鼠叼走了，随手装进了口袋，忘了跟她打招呼了。"

"是啊小王，"女房东笑容满面地说，"你是知道的，平房老鼠就是多，什么事都敢干，什么东西都要往自己窝里叼。"

我是知道的。我的小屋里老鼠就很多，常常半夜三更拖着一片纸在地板上走，拖拖拉拉的声音像一个人在走路，第一次听到这声音把我吓坏了。这里的老鼠都是长相肥大的，胆子也大，有一回竟然爬到我的枕头上坐着，我从没见过这么威风的老鼠，心里都怯了，拿着笤帚远远地轰它，它就是不跑,还是人模狗样地坐着,用前爪子舒舒服服地擦嘴,直到我冲上来才跑掉。可是我已经把西夏赶走了。

"可是,我把她赶走了。"

女房东说:"那种女人,赶走最好。你想想,哪有女人主动送上门,而且来了就不走的?这成什么事了。还有,花花绿绿的东西往外面一挂,哪是正经女人干的事。走了好,小王,你还要感谢阿姨哪,我早就看透了,那女人留下来就是祸害。"

她说得一头子劲儿,越说越觉得她是救了我。但是西夏却是被我蛮横地赶走了,她越说我越觉得不安,心里空荡荡的,就告辞回房间了。我想看电视冲淡一下心神不宁,就看到了西夏剩下的那些钱。我突然想起来,她是身无分文地被我赶走了。这么冷的夜,一个女孩子,一分钱没有,她怎么熬过去?我越想越觉得不对,在考虑是不是要把她找回来。可是,如果把她找回来了,她更有理由赖在我这里不走了,我该怎么办?赶走一次还有借口,哪怕是个错误的借口,毕竟已经成为事实,下一次怕就没有这么好的借口了。我盯着电视上的画面发愣,找还是不找,已然成了一个大问题。

我把剩下的几根烟全抽完，已经午夜十二点了，因为房门没关严实，冷风丝丝缕缕地进来，我感到了冷。冰凉的那种冷，身上穿的似乎不是衣服，而是披了一身的凉水。外面毫无疑问更冷，西夏现在在干吗？她在哪里？她一定会更冷。我扔掉烟头，随手抓上大衣和手套就出了门。我要把她找回来，天大的事也应该天亮了再说。

承泽园里一片沉沉的静，有几间屋子里还亮着灯，大多是在这里租房子准备考北大研究生的人在夜读。我走得很快，一路都在向四周环视，除了黑暗还是黑暗。到了万泉河的桥上停住了，我该到哪里去找她呢？有很多路，每条路都是一个不可知的方向，西夏可以沿着任何一条路走下去，走到只有她自己知道的地方。我决定先沿着西夏曾经走过的路找一遍，穿过蔚秀园，沿北大西门往南走，过硅谷到马兰拉面馆。路灯都是冷冷清清的，偶尔几个行人穿着臃肿的棉衣，但却显得寒瘦。海淀体育馆门前还有几个人出出进进，他们都是去练歌房唱歌的。几辆出租车停在门前等待客人。我问那些快要睡着的司机师傅，是否看见一个女孩拎着一个大包经过这里。他们以为我要打车，听明白了就摇头，然后继续瞌睡。后来我见着人就问。没有人看见，一点头绪都没有。

我漫无目的地找，到了两点左右就开始犯困了。冷倒不冷，因为一直在走，就是想睡觉，我想找个商店买包烟提提神。这时候我已经走到了苏州桥附近，到处都是霓虹灯在闪烁，就是找不到一家卖烟的商店。转了几圈，想到了通宵营业的超市，就去找超市，终于在城乡仓储附近找到了一家，为了防止很快抽光，我买了两包烟，两个打火机。

点上烟继续找，见到人继续问，走走停停竟然走到了四环边上。空旷的四环和四环之外的野地，灯光不大不小，空气清冽，周围的景物一览无余。跑长途的货车和大客车多一些，小车就少多了，行人更少，几乎看不见人影。远远地看见一个人影在动，心动过速地跑过去，是一个清洁工人在打扫道路。他要在天亮之前把这一段路打扫干净。我问他是否见到一个拎包的女孩，他说没有，这种时候他只会遇到酒鬼和无家可归的流浪汉。

继续往前走，我已经很累了，走得一身的汗。前面是四环和三环之间的一个过街天桥，我爬上去，以便看得更高更远。四顾莽莽，夜在逐渐变轻变淡，凌晨最初的蓝色从野地里升起来，身后的北京开始蠢蠢欲动。我看到不远处另一座天桥下卧着一个东西，黑乎乎的一团，有点像人。心跳又开始加速，我暗暗祈求，希望那个黑影就是西夏。又是一路小跑，穿过马路时差点被一辆卡车撞到。跑到跟前就失望了，是一个喝醉了的流浪汉，像条狗似的蜷缩在桥下的台阶上，台阶上放着一个北京二锅头的空酒瓶。我想叫醒他，这样睡觉会冻出毛病来的，但是听着他畅快的鼾声又算了。睡得这么好，就让他睡吧。

我终于绝望了，也受不了了，为了防止像流浪汉一样睡倒在路边，我决定回去。本来就是大海捞针的事。天快亮了，脚也发沉，我走到承泽园时，门口有的早点摊子已经开始摆起来了。一步都不想走，走到老柳树前我实在走不动了，想先抽几口烟歇歇再进家门。我扶着柳树，点上烟，长长地出了一口气。吸了两口觉得不对劲儿，柳树洞里有什么东西在一闪一闪，我伸头去看，吓我一跳，我看到了一双眼睛在亮。它们也看到了我，里面走出了一个缩成一团的人，我本能地后退两步，是西夏。我的烟往嘴里送，在半路上停下了，真的是西夏。

"你在这里！"我叫了起来，"我找了你整整一夜。"

她走到我面前站住了，定定地看着我。我想伸手去拉住她，她却蹲下了，她蹲在我的脚前，把我散开了的鞋带系上了。然后站起来，转身回到树洞里，拎出了那个大包，默默地走到我前面，向我的小屋走去，在门前等着我开门。

进了门打开灯，她的脸水亮亮的，一脸的泪。

## 四

正如房东阿姨说的，请神容易送神难。西夏回来了，我不知该怎么办了，我的妥协导致我再也聚不起力量去进攻了。房东阿姨对我的行为表示了失望，竟然还去找她？现在好了吧，狗皮膏药又黏身上了。陈叔大大咧咧地说，既然她不想走，那就留下，怕啥，你是男人，怎么都不吃亏，大不了身体累点。他的观点招来女房东的一顿痛骂，女房东说，都五十岁的人了，脑子里成天就装着那事，就不能想点别的？她要是以后就不走了呢？小王还娶不娶媳妇了？她又不憨不傻，你想甩就甩呀？再说了，还是那句话，谁知道她是什么来路，一条狗你都不知道它明天会干什么，何况一大活人。万一有点事，她要是个杀人犯什么的，这麻烦就大了。陈叔脸色也跟着庄重起来，说是啊，万一要是个杀人犯，那你的问题就大了。在逃的杀人犯，什么事不能做？你阿姨说得对，你得认真考虑一下，连累就是一大片哪。

问题被他们一说又严重了，毕竟人心隔肚皮。我要做的还是想办法把她打发走，可是我下不了手啊。我再次在饭桌上开始了审问。

我说："你真的叫西夏吗？"

她点点头，对我的问题感到奇怪，但立刻又低下头去。

"你家在哪里？"

她摇摇头，两只筷子在手里磨磨蹭蹭。

"谁让你来找我的？"

她还是摇头。

"你是不是从家里偷跑出来的？"

她又摇头。

什么都没问出来。我又问："你真愿意和我待在一起？"

她点点头，终于抬起头来，缓慢地笑起来，那样子大概就是含情脉脉吧。

"可是我不愿意，"我说，"我对你一无所知，我们这样下去是没有道理的。你应该离开这里，回到自己的家里去。"

她又低下头，眼泪落到手上。看来让她自愿离开还是有很大困难的。那顿饭我又吃得心事重重。快吃完的时候，手机响了，一个朋友找我，让我过去到他那儿喝酒，他老家的亲戚从连云港给他带了些海鲜过来，一块儿尝尝。

我对着手机说："不好意思，今天真是抽不开身，要上班，还有个朋友在家里。"

对方说："那什么时候有空？"

我说："等朋友走了再说吧。"这么说的时候，我灵机一动，又加了一句，"朋友走了我一定去，她这两天就走。"

通过电话我去看西夏，她默默地放下筷子，开始收拾碗筷，她不吃了。她的神情搞得我也有点难过。莫名其妙，这事俨然成我的问题了，只有把她平安地送走我才能心安。我想起那张纸条，把它从棉衣里找出来，又从抽屉里把这两年亲戚朋友写给我的信件一起装进包里，就去书店了。

一个上午我都在核查笔迹，可是没有发现任何人的笔迹和纸条上的相同，相似的都没有。然后开始打电话，给我知道的亲戚朋友一个个打，问他们是否让一个叫西夏的女孩来找我，或者是他们是否知道一个名叫西夏的女孩。还是一点头绪都没有。电话那头的亲戚朋友，说什么的都有。年龄大一点的，或者是女的，就建议我立马将西夏打发走，观点和女房东类似。熟悉的朋友，尤其是男性的朋友，不遗余力地开我的玩笑，怂恿我。他们说，怕什么，既来之则安之，这年头你不占女人的便宜，女人就占你的便宜，能搞的就搞，何况还是个送上门来的。如果想赶她走，那好办，还买什么被褥，就睡一张床，害怕了她自然会离开了，不怕最好，一个字，上，却之不恭嘛。严肃一点的朋友则建议我，找一个合适的方式让她走，找出她的来历，或者把她推给别的什么人。

我决定几种方法同时用。半下午我关了店门，去派出所找那个胖警察，我从他那里领来的西夏，最好的方法就是再还给他。我骑着自行车去了派出所，他不在，同事说他出去办事了，要一个小时后才回来。我不能干等，就到大街上把所有喜欢刊登广告的报纸都买了一份，坐在派出所里一张张翻，找寻人启事。一大堆报纸都翻完了，看了几十条启事，就是没一个和西夏沾边。那些要找的人要么是精神不正常的老人，要么是迷路的痴呆，或者是离家出走打算跑江湖的小孩。寻人启事之外，我把其他好看的内容也大致翻了一遍，胖警察还没回来。他的同事说，可能直接去接孩子了，让我明天再来，他们要下班了。

无功而返让我郁闷，买了一只全聚德烤鸭就回家了，反正要打发她走了，吃完北京的烤鸭再走吧，也不枉来北京一趟。那只烤鸭让我们都找到了事干，慢慢腾腾地吃到了八点半。收拾好了，我翻翻书，她看电视，十点的时候我说我困了，要先睡了。我的意思是，先把床抢下来，下面就是她的事了，像朋友说的，忍受不了和一个男人同床，那就走人。

出乎我意料的是，她主动去整理好床铺，然后让我去睡觉。上床的时候我发现，两个枕头并排放在一起，一个是我的，另一个当然就是她的了，而她的那个过去一直是用来做靠背的。床上的格局让我激动，我是个男人，我是个健康的男人。也让我失望，又一个办法失效了。我吞了两颗安眠药就睡下了。后来我感觉到她也上了床，在我身边躺下，可是我的眼皮沉重，连激动的念头都没有了。一夜安安静静。

第二天上午我又去了一趟派出所，胖警察还是不在，同事又说他办事去了。我不知道他哪来这么多事要办，好像全世界就他一个人在忙。下午我赶在上班之前就到了，我把他堵在了门口。

"你是谁？"他陌生地看着我，"找我干吗？"

"你把一个姑娘推给了我，"我说，"西夏，你还记得吗？她待在我那儿不走了。我要把她还给你。"

"哦，是那个哑巴。她是来投奔你的，关我什么事？再说，送上门的女人有什么不好？"

"女人不要紧，问题是，"我说，"我不认识她，根本不知道她是谁。"

"我也不知道，"他进了办公室，坐下来，让我站着，"那是你们的事了。"

我和他说了半天才让他明白，西夏留在我那里是多么的不合适，我告诉他，不管怎样，我得让她走，让她从哪里来，回到哪里去。现在就要她回到派出所来，这是没有办法的办法。

"你这不是无赖吗？"胖警察很不高兴，"你还嫌我不够烦呀？好，你想送回来就送好了，我把她转交给收容所，让他们烦去，遣返到哪儿随他们干去。现在警察就成一老妈子了，谁拉过屎了，都要我们去给他擦屁股。"

"收容所能安全把她遣返到家吗？"

"我怎么知道？问他们去。没听报纸上说吗，前些日子，一个安徽老太太来收容所找儿子，他们说早遣返回家了，可是遣了两年了，那老太太的儿子还没有返回家。两头不着地，人没了。"

"就那活不见人死不见尸的事？"

"对，就那个。你看着办，要舍不得就别来烦我了。"

事情已经明晰，这条路又断了，我下不了狠心把西夏送到那样一个地方。不管她是谁，总还是冲着我来的，哪怕这是一个骗局。收容所我知道，虽然没去过，几年前，每一个像我这样漂在北京的人，都可能被送进那里。我不知道里面是什么样子，但却一直一厢情愿地把它想象成类似监狱的地方。我觉得我不应该把她送到那里。

临走的时候，胖警察说，实在不行，就在报纸上登一个"招领启事"，招领一个大活人。这方法不错。

出了派出所我就去了报社。值班的小姐很年轻，我对她说明了来意，她，连同旁边的同事都笑了，以为我把玩笑开到了报社。我把情况简要地说了一下，就问她登一个启事要办哪些手续。

"真的假的？"值班的小姐问。

"当然是真的了。"

但是他们觉得这事有点荒诞，怎么可能出这种事？男同事一律地窃笑，劝我还招什么领，留下来过日子算了，现在好女孩扛探照灯都难找。他们说，有这么个钟情的不要，真是傻得可以。他们暗地里的艳羡遭到了女同胞们的一致攻击，她们劝我还是把她打发走，这年头人心隔肚皮，何况还是个哑巴，跟哑巴过一辈子不憋死才怪。

他们从来没有遇到过这种业务，不敢私自决定，值班的小姐给报社老总打了电话，嗯嗯啊啊地说了一通，挂了电话告诉我，可以试试。但是老总说了，为了保证信息的可靠性，必须把当事人带到报社来，验明正身，然后拍照，将照片一并登在报纸上。

"人不来可以吗？"我担心她知道了就不愿意跟我来了。

值班小姐说："老总的指示，没办法。"

既然是规定，只好遵守。我想赶在报社下班之前试着把这事给解决了。自行车骑得很快，到了承泽园才四点钟，可是一路上都没有想好合适的理由。西夏正在打扫房间，戴着我的一顶破旧的帽子，穿围裙，手里拿一把绑在竹竿上的笤帚，专心致志地清除墙壁和天花板上的灰尘。门前堆着旧床单、被套、沙发套、桌布等待洗的东西。我已经很久没有打扫过房间了，西夏身上落了厚厚的一层灰尘。她的样子让我想到了一幅画，一个健壮的俄罗斯女人站在金黄的麦田里，裹着头巾，怀里抱着一捆麦子，在某一个瞬间向世界转过脸来。这个形象我一直都很喜欢，觉得我的女人应该就是这样，我有种家的感觉，她的身后是无边无际的收获季节，一片金色的大地。

她对我的归来感到惊奇，因为这是我的上班时间。她打着手势问我，是不是饿了？

"不饿，"我结巴了半天才说，"下午生意不好，想出来透透气，陪我出去走走吧。"

她对我的要求有些费解，指了指笤帚和地上待洗的衣物。

"不急，明天再打扫吧，难得太阳这么好，而且没有风。"

她脸上露出了笑，惊喜的样子，对我指了指手表，伸出了四个指头。

"才四点,"我说,"离天黑还早呢。"

西夏很高兴地摘掉帽子,摘下围裙,开始洗脸换衣服。我们走出承泽园时,她已经是一个清洁漂亮的姑娘了。在万泉河的桥上,我刚向一辆出租车招手,她就把我的手臂扳下来,她对我跺着脚,要步行。她以为我们真的是去到处走走。

"我们去报社玩,我的一个朋友在那里,他邀请我们去他那里玩。"我要把谎言坚持到底,再次向一辆出租车挥手。她不再拒绝了。

路上堵车,到了报社他们都快下班了。我把西夏带到了值班小姐那里,跟她说,人我带来了。

"就是她,西夏?"值班小姐说,转身向后喊道,"大林,大林,可以过来拍照了。"

西夏看看我,悄悄地抓住了我的胳膊。她不懂我要干什么。

其他人围上来,七嘴八舌地掺和。他们没想到西夏看起来这么善良和漂亮,还带着点羞怯。他们说,这么好的女孩你也舍得丢?老兄,我只能说你是昏了头了!报纸登出来以后，如果没有三两千人抢着来招领，那才是怪事。

西夏又看看我，眼神都不对了，她松开我的胳膊，转身跑出了办公室。

"喂，喂，"我喊着，跑出去追她，"你别跑呀，还没拍照哪！"

我听到后面值班小姐也在喊："喂，喂，招领启事你还登不登了？"

我哪有时间理会她，西夏已经跑出了报社。我气喘吁吁追了好一会儿才追上她。

"你跑什么呀？"我说，舌头也不利索了，"不想登我们就不登，你别跑呀。"

她低着头，一根根数着手指，我知道她哭了，就把面巾纸递给她。她接过纸巾捂到脸上，肩膀开始抖起来。

## 五

西夏不高兴了。刨除那个不知来路的身份，如果我是她，我也不高兴，而且是很不高兴，感觉像被别人卖了一次。她的不高兴摆在脸上，走路，吃饭，干什么脸上都是空白的。晚上她睡得比我早，早早爬上了床，侧着身子，脸朝里，也就是说，我无论如何都看不到她的表情，也可以说，她怎么都不想看见我。但是她为什么不想看见我呢？我猜她是伤心了。

这个伤心一夜都没缓过劲儿来，第二天中午她就和女房东吵了一架。她起得比我早，我去上班的时候她脸上还是空荡荡的，连个招呼都没和我打。我走之后，她继续打扫房间，太阳好些了，就开始洗那一大堆衣物，然后和房东阿姨吵了一架。

当然不是用声音吵，而是行动。这是我傍晚回家以后，女房东诉苦时告诉我的。也没什么大事，就是泼水的问题，两个女人都较上劲儿了，事情就出来了。因为衣物比较多，西夏把洗衣大盆端到了老柳树旁边洗，拎了好几桶冷水和几瓶热水，边洗边汰。柳树前有一条自然形成的小水洼，西夏洗衣服的水顺手就倒进了水洼里，然后水就从水洼开始向低处流。其实这也没什么，平常我洗衣服也都随手向那儿一泼。但是房东阿姨就看不过去了，她对西夏的抵触情绪因为我的继续收留变得更强烈了。私下里她和我表示过,她和陈叔一辈子都是老实人,本想靠两间空闲的房子挣点零花钱,现在来了这么个不速之客,他们担心,万一出了什么差错受到连累,那就比害眼和牙疼要厉害,小屋赔进去还不算,一家人的平淡生活还能不能过下去都难说。她几乎要声泪俱下了,弄得我很不好意思,也跟着紧张。可我没有办法,我做不来。

女房东说:"你怎么把水往那儿倒?结了冰跌倒人怎么办?"

西夏洗得认真,半天才反应过来,她不能说,就转过身去看她,还没来得及做出一个得体的表情,女房东火气就上来了,她觉得西夏是故意给她难看。

"看什么看?说你哪!就你,好好的水池不倒,偏要泼到这里,成心害人呀你?"

西夏啊啊地打着手势,满手都是泡沫。

"别啊了,不能说就别说。"这已经够难听的了,女房东接着发牢骚似的又接上了一句,声音不大,但是西夏听见了,女房东说,"死乞白赖!"

西夏立刻转过身,顺手泼出了洗了一半的肥皂水,这还不完,她又拎着桶往盆里倒水,一桶水倒有半桶溅到了地上，它们同样流到那个水洼里，然后继续向前流去。

女房东气坏了，说话都结巴了："好，你，你，跟我对着来。我一点都没说错，我早看出来了，你迟早是个害人精，没想到现在就开始害人了！"

西夏没理她，继续把水往盆外倒。女房东一点脾气都使不上，只好骂骂咧咧回家了。她在家憋着，直到我回家以后核爆炸似的向我倾诉。她跟我说，说什么也不能再把这样的祸害留在家里了，实在不行，他们的房子就不租了，反正现在租房的很多。西夏成了她的借口，两个月前，她就提出要增加房租，因为烧暖气比过去贵了。我没答应，因为当初签订协议时，说好了连租两年，房租不变的。看她咬牙切齿的狠劲儿，不给点钱是摆不平这件事的。

"这样吧，"我说，"给我一点时间。房租我多出一点，就当是打扰你们的赔偿费。"

女房东说："不是钱的问题，而是为你好。"

"谢谢你和陈叔的关心，我会尽快解决的。"

她做着样子谦虚了一下，收下了钱，因为没有零钱找，毫不客气地多收了我十五块钱。

回到房间,西夏正对着一桌饭菜发呆,她看到我被房东阿姨拦到了她家。西夏还在生气,我进屋她眼皮都没抬一下。

我在她对面坐下,说:"和房东阿姨吵架啦?"

她还是不看我,支着下巴看桌上的饭菜。

"嗯,好,吵得好!"我说,"该吵不吵也不对。"

西夏扑哧笑了,对我噘噘嘴,斜我一眼,高高兴兴地去厨房热饭菜了,走路都精神了,像个孩子。那一刹那,她让我产生了一种类似亲情和爱情的疼痛感,突然感觉到,这几年在北京,一个人的孤独是多么的漫长。这个发现同时引发了另一个发现,它让我感到了自己的脆弱,这个发现让我恐惧,它击穿了我,让我觉得自己老了。跑来跑去这些年,我就跑成了这样?孑然一身,形影相吊,我甚至都很久没有和别人深入地说点什么了。忘了生活中还有一些只属于内心的事,自己触不到,只等着别人不经意间的一碰,找到自己的痛。

为了避免和房东阿姨再起冲突,我让西夏跟我到书店去,每天早出晚归。这样也给我带来不少方便,我不在时书店里也有个照应。

西夏在书店里也很安静，没事就到处翻翻看看，她不是爱看书的人，只喜欢看那些图片比较多的书籍，翻着翻着就把自己翻笑了。然后拿给我看，让我也跟着笑。不翻书的时候就坐在我对面，看我看书。我问她这样枯燥的日子烦不烦，她摇摇头，很开心地笑，接着去为顾客找书或者收钱。她最乐意干的一件事就是向别人推荐书，我很奇怪，她一句话不说往往就能把书推销出去。这种情况多半是年轻人，一男一女，一看就知道是情侣。她就会把她喜欢的书递给女孩，她对着人家微笑，点着头，意思是那本书很好看。通常这些都是有关爱情的书。女孩子看中了，男孩子就不能不掏钱。

西夏的出现也给很多老顾客老朋友带来了新鲜感。他们总会问我她是谁，我说是我的朋友。他们就暧昧地笑，说，是女朋友吧。我想辩解只是一般的朋友，西夏过来了，很自然地挽住我的胳膊，对人家神气地笑。她适合笑，稍稍露出一些牙，像温润的白玉一样好看。朋友就拍拍我肩膀，嘿嘿地笑两声。他们转过身，西夏就放下我的胳膊，做个鬼脸就去玩自己的了。

## 六

她跟我在书店待了几天，整个人变得活泼开朗多了，大概她原来就是这个样子。也有沉静的时候，一个人坐在一边发呆，我看得见她的忧愁，但是我不知道她在想什么。她高兴的时候我也高兴，她忧愁的时候我也跟着莫名其妙地不开心。有一天中午我突然决定不再吃盒饭了，去下馆子。这个想法让我自己都吃了一惊，我知道这不仅是因为上午的生意不错，卖出了几十本书，还是因为整个上午西夏都很开心。她在一对对情侣之间跑来跑去，他们满意地买下了她推荐的书。西夏觉得很有成就感，一个上午都对我得意地笑。在饭店里，我看着她手忙脚乱地吃着麻辣的水煮鱼，心里升起一种难以言说的满足。从哪一天开始，她高兴了我也就高兴？问题有点大了。

下午我让她一个人照看书店，我去商场里买了一床被子回来。西夏看到被子，脸立刻红了，躲闪着赶紧去翻一本书。我在她脸上看到了男女之间才有的羞涩，这床被子让她，也让我，都意识到了一点这些天我们的生活里还没有出现的东西，至少是表面上没有出现的。我们睡在一张床上，一直相安无事。其实睡在一张床上并不能说明什么问题，都躺下的时候，我总觉得她是个陌生人，偶尔一些曲曲折折的念头刚一萌发，就被更庞大的东西击垮了，比如疑惑，比如费解，比如隐隐的忧虑和恐惧。这些足以让我的头脑保持清醒，直到平安地入睡。现在不行了，我担心我做不到像过去那样，丝丝缕缕郁积的东西终于让我不自信了，我得防患于未然。

晚上我把新被子铺上，一人一个被筒，默无声息地睡下了。西夏躺下就不动了，我知道她没睡着。她的习惯是先背对着我侧身睡，睡着了就翻过身平躺着，梦里就开始乱翻身，有时候面向我，把胳膊都搭到我身上来。但是这个晚上她睡得很安静，可爱的小呼噜也迟迟没有响起。我也是，正常的翻身都有点提心吊胆了。心照不宣还可以掩耳盗铃一下，一旦摆到了桌面上，那点虚假的心安理得也得不到了。

我被折磨到半夜才睡着，夜里不知怎么突然惊醒了，醒来以后我发现，我的一只手伸到西夏的被子里去了，不知道碰到的是她的腰还是屁股，惊得我出了一身的汗。我小心翼翼地把手抽回来，平静了好一会儿才重新入睡，在这段时间里，没听到西夏的鼾声。

第二天早上，我们都在对方的脸上看到了自己的疲倦和黑眼圈，但装作视而不见。

这样的夜晚持续了一周，白天是爱情，夜晚是欲望，搞得我心力交瘁。我要扛不住了，我对刚从外地出差回来的合伙人说。他是一个老实本分的机关工作人员，我的好朋友，我们俩合伙做这个书店。说是合伙，其实是他出主要股份，我更多地负责经营。这个质朴的朋友喜欢在眼镜后面看人，一圈一圈的镜片纹路把他的眼睛拉远了，所以说话时总显得一本正经。

"这样下去不行，"他严肃地对我说，"要么豁出去，刀山火海也不管了，该做的都做了，反正都是发乎情；要么赶紧打发她走，快刀斩乱麻，一了百了。"

"可是……"我说。

"没什么可是的，"他说，"打发她走可能更好一些。老弟，你也不小了，该找个老婆了，老婆是一辈子的事。那女孩我见了，说不好，不知道她的底细，你就没法预料将来会发生什么变故。而且,"他强调了一下,"她还是个哑巴,这很要命。咱们都是平常人,玩不了花的。"

我蠢蠢欲动这些天,被他的几句话又给浇凉了。我们都是平常人,一个凡胎,和房东夫妇的意见相似,房东他们说:"咱们过日子的老实人,得替自己负责,出轨的事不能做。"

从朋友那里回来,我又买了一套床垫和垫被,我要在沙发上睡,无论如何地不舒服也要睡,我不能再姑息自己了。否则既折磨自己,也折磨西夏。如果这样垮下去,真是太荒唐太无谓了。

西夏对买回来的床垫和垫被没有任何表示。晚饭后我在看电视,她收拾好了,一个人去搬弄沙发。我把身子侧过去,点上烟,装作认真看电视的样子。她的动静不大。过了一会儿,她向我们的床走去,把她的那一床被子抱起来,我转身看见,她已经把沙发床铺好了。

"不,"我站起来阻止她,"我来睡沙发。"

她冷着脸,不听,执意要睡沙发,把被子都放上去了。我又给她收起来送到床上,把自己的被子拿过来。此后西夏再没有搭理我,坐在床头灯下看一本漫画书,半天才翻动一页。我也不说话，不是想和她耗着，而是实在不知道该说什么。真够尴尬的。后来她一声不吭地睡下了，在那张宽大的床上，仍然占着一小半，面对着墙壁。那一夜我睡得更糟，西夏也是，我一直没听到她的小呼噜声。早上起来，她都快成了熊猫眼。

我只好再次向合伙的朋友求救，当时他老婆也在场，他老婆一向比他有主张。

"现在什么感觉？"他老婆问我。

"说不清楚，好像是恐惧。"

"恐惧爱情？"

我想是的。

"别的呢？比如说，对她你也恐惧？觉得她突如其来，又不明底细，整个人像悬浮在半空的无根人？"

我得承认，他老婆又说到了我的痛处。我点点头，应该是这个意思。

"如果我是你，"他老婆说，她是个中学教师，"只有两条路，一是果断地让她离开；如果实在舍不得，就让她开口说话，说实话，弄明白了事情就好办了。"

我朋友听得连连点头，他习惯于在老婆面前连连点头。

他点头是对的，我也想点头了。

"要么这样，"我朋友说，"你出去走走，想明白了再决定。这段时间书店的事你操了不少心，轮到我了。"

也好，我是该出去走走了，整天对着西夏我受不了。对她的爱情和欲望是如此强大和新鲜，足以把我一点不剩地毁掉。现在的问题是，我出去了，西夏怎么办？把她留在家里，还是跟我一起走？朋友的意思是她留下，一块儿出门和两人都待在北京没有区别。

我收拾行李的时候对西夏说："我要出去了。"

她不知道我要干什么，很紧张，抓住了我的包，疑惑地看我。

"我就是出去走走，"我说，"很快就会回来的。你一个人留在家里。"

她直摇头，两只手乱摆一气，脚也跟着跺起来。

"没事的，我就是这段时间有点累，想出去歇几天。"

她沮丧地坐下来，神情黯淡，开始数手指头。我快收拾好了，她突然站起来，拉开衣橱的门，抱出了一堆东西，她把她的衣服也塞进了我的包里，拉上拉链。盯着我，把我的胳膊抓住了，她要和我一起走。

我没办法了，总不能跟她说，现在又不去了。午饭之后我们出发。去什么地方我一点数都没有，我想先去火车站，碰上什么车方便就坐什么车，反正是去玩，到哪儿都一样。

先坐公交车，再坐地铁，一个多小时后到了北京站。西夏对汹涌的人流本能地恐惧，一直抓着我的胳膊。我们来到售票大厅，看屏幕上去各个地方的车次、时间和余票。西夏看看我，意思是随我，到哪儿都行。我脑袋却转了一下，让她定，或许她决定的地方和她会有点关系。关于她的出身和籍贯，我一无所知，她也不说。

我说："你来决定，你想去哪儿我们就去哪儿。"

她又看看我，我一副无所谓和信任她的样子让她放了心。她毫不犹豫地伸出了手指，指的是下午四点半去南京的一趟车，上面标识出，还有三十张余票。不到一个小时就开车了。

"最好找一个熟悉的地方，这样我们玩起来才会从容、尽兴。"

西夏很自信地继续指着南京。

"好，南京就南京，"我说，"我还是很多年前去过一次。"

我们花了半个小时到附近的超市买了晚饭和零食,回到候车室刚好开始检票。找到位子坐安稳了,离开车还有二十分钟。夜车上常常不安全,我对西夏说,把兜里的现金分了一半放在她身上。她靠窗坐在我里面,应该比较安全。车厢里的暖气有点热,又不能抽烟,让我感觉很不舒服。快开车时,我跟西夏说,我去车厢尾部抽根烟,让她先喝点饮料什么的。

车轮即将转动的时候我跳下了车。不是蓄谋已久,而是在点烟的一瞬间决定的。当时,乘务员说:"列车马上就要出发了,护送旅客上车的同志请您赶紧下车。"我赶快关掉打火机,逃难一样下了车。

火车开动了,我躲在站台的柱子后面,突然觉得无比悲伤,眼泪都出来了。西夏终于走了,我一点都高兴不起来,真的,一点都高兴不起来。多少天来的恐惧、忧虑、爱慕和折磨,就这么突然地被一列火车带走了,巨大的负担猛地卸下,整个人好像失重了,身心一下子空空荡荡,一冬天的冷风都吹进了我心里。

我不知道该对自己说什么好。回家时,一路上我都在想,现在西夏她在干什么呢?她在到处找我吗?幸亏当时给了她一千块钱，可以让她顺利地回到自己的家，即使不是南京，问题也不会太大，包里还有一些能换几个钱的东西，比如相机和CD机；否则，这么把她扔下了，我都没法原谅自己。

回到家天已经黑透了。我到超市买了几个菜和三瓶啤酒，一个人喝，自己跟自己喝，一边喝一边难过，打发不了的难过。最后自己把自己灌醉了。倒在床上，有那么一会儿我还清醒了一下，我对自己说，呵呵，呵呵，说完就完了。

## 七

敲门声大约是凌晨两点响起。我睁开眼首先感觉到的是头痛，后脑勺上的某一点，像谁把一根生了锈的钉子敲了进去，每次喝多了都是这样。打开灯，我摇摇晃晃地去开门，开了门酒就全醒了，是西夏。头发被风吹散了，见到我就大哭起来扑到我怀里，她的额头和手冰冷，在我怀里不住地哆嗦。

我说:"西夏。你是西夏。"

她开始打我,乱打一气,然后抓我,把我的睡衣都撕坏了。我揽着她的腰,随她闹。打累了她停下来,继续伏在我怀里哭,哭得十分委屈。

我说:"好了好了,你冻坏了,赶快到被窝里焐一焐。"

她像个木偶随我摆布,我给她脱了鞋袜和外套,把她塞进了被子里。然后找了两块姜,拍碎了给她煮水喝。她缩在被窝里像只猫,只露着头看我忙来忙去,一声不吭。我把姜汤煮好了端到床边,扶她坐起来,她不喝,又哄又劝才让她喝下去。喝完以后她就抱着我,我问她饿不饿,她摇头,一个劲儿地流眼泪。她的身上还是冷,我让她躺下,我也躺下,让她蜷在我怀里取暖。大约半个小时她恢复过来了,抱着我慢慢睡着了。

搞不清过了多少时间,我突然本能地惊醒了。四周一片漆黑,我看见眼前两个黑亮的点,我感觉到了西夏温热的呼吸,是她的眼睛。她在盯着我看。她在我怀里,手插在我的衣服里,我的手也插进了她的衣服里,她的身体细腻滚烫。我们的眼越来越近,呼吸的声音越来越大,像两列夜行的火车喘息着驶向对方。黑夜浩大简洁,满天地都是火车的呼啸声，急迫，焦躁，执着，永远也不会错过的两列火车重合了，你找到了我，我找到了你，黑夜没有了，火车也没有了，只剩下同一节奏的呼啸声。天亮时，火车停下了，西夏光溜溜地躺在我怀里。

关于西夏重返承泽园的经历，我只知道了一个大概。她不能说话，都是我一点一点地想象推理，然后经过她的认证才逐渐明晰的。她不知道我下了车，就在座位上等，火车快出北京她才觉得不对头，就到车厢尾部去找，哪里找得到。她以为我在厕所，但是进进出出了很多人，就是没有我，她就慌了。打着手势问乘务员，乘务员根本不懂她要表达什么，就拿出笔让她写。她写道，她找人，一个叫王一丁的人，他们一起上的车，现在不见了，她叫西夏。她还给乘务员画了一张我的像，乘务员看了半天，告诉她，画上的那个人好像在开车之前下去了，还以为他是送人的。西夏已经猜到了，但还是不死心，让乘务员帮她广播一下。广播反复播了十几遍，王一丁先生，西夏女士正在找您，请您马上回到您的车厢和座位上去。西夏最终没有等到消息，她在火车上哭了，一直站在车门口，等着车到第一个站就下去。

幸亏那是一趟慢车，差不多的站就停。西夏在第一站就下了车，因为慌张和着急，她把我的旅行包都丢了。若不是身上还有一千块钱，麻烦就大了。她在离北京的第一个站等车，坐上车已经晚上九点了。下了火车是晚上十一点半，再坐公交车，竟然坐错了车，她在一个莫名其妙的地方下了车，四周是陌生的灯火和楼房。这时她才想起来打的，承泽园司机不知道，只知道北大，大概见她是个慌里慌张的哑巴，就把她带到北大东门了事。西夏本以为穿过北大就找到西门了，然后就能找到蔚秀园和承泽园了。谁知道她在北大校园里转了向，她没进过北大，折腾了一个多小时才找到西门。那天夜里正冷，到了承泽园她都快被冻僵了。

因为这事，西夏恨了我好几天，但是我的幸福生活应该说已经开始了。她也就是恨恨，恨完了也就完了。我想再带她出去玩，她说什么也不干，她喜欢待在家里，或者让我陪着去逛街。在家里她喜欢吊在我脖子上，逛街时就挽着我的胳膊，在别人看来，她是我的女朋友。西夏也乐于别人这么认为，见了我朋友也挎着我胳膊，在房东夫妇面前更是如此。我无所谓了，如果说折腾了这么久该认命了，那我也是十分乐于认这个命的。两个人的生活终于让我有了一点家的感觉，这种感觉对我，一个年近三十的单身男人，一个在人群里永远不会被一眼看出来的普通的京漂，真是很美好，它让我心安。

我们自由散漫地过了一周，适当地购置了一些家具和生活必需品，一个家正式诞生了。这一周我什么都不想，尽情地享受一个可爱的女人和一个温暖的小家。西夏像一个小媳妇，干什么都跳着走。

没有事做也不舒服，小屋里布置得差不多了，西夏建议我们去书店。朋友看见我和西夏完全是情人式的举止，无奈地笑了，问我：

"这么快就回来了？"

我告诉他，根本就没出去。西夏看看我，嘟嘟嘴，对我朋友笑笑。

"你忙你的，明天还是我来上班吧。"我说。

朋友也没和我客气，事实上他也不适合具体的书店管理。中午他请客，在"蜀味浓"吃火锅，他老婆下班也过来了。关于我和西夏的事，吃火锅的时候他们都没有细说，只是把我们当作一对情侣，客气地请西夏多吃点，有时间和我一起到他们家玩儿。

吃过饭聊天,趁西夏去洗手间时,他们见缝插针对我们的未来表示了忧虑。

朋友说:"哑巴,不介意?"

"还行,这样也能交流。"

朋友说:"如果她不是个哑巴岂不更好?"

"当然,但她是个哑巴。"

朋友的老婆说:"现在了解了她的来龙去脉没有?"

"没有,"我实话实说,"她不愿意告诉我。"

朋友的老婆又说:"这是最让人担忧的,老生常谈了。你总不能一辈子都蒙在鼓里。"

朋友说:"一辈子都蒙着倒好了,就怕哪一天鼓破了,她的问题暴露出来,收场就困难了,现在才刚开始。"

朋友的老婆说:"要想个办法让她交底。"

我笑笑说:"除非让她开口说话。能对话交流了,她就藏不住了。"

朋友丧气地说:"别的还好办,就是让哑巴说话没法搞。"

朋友的老婆突然说:"你不是说她不是天生的哑巴吗?"

我说:"那又怎么样?问题是她现在是哑巴。"

那天的谈话就到这里,因为西夏从洗手间回来了。接着吃,还是嘘寒问暖的桌面话,再就是书店的生意。西夏只是听,吃饱了就给我们三个人涮肉、夹菜。朋友的老婆应该是比较喜欢她的,临走的时候还送她一个景泰蓝手镯,那是她一直戴在手上的,算作见面的小礼物。

他们回家了,我和西夏步行往书店走。路上我兜着圈子说,那纸条上的字好像不怎么样嘛,还没有我的字好看,谁啊,写得这么潦草?西夏好像没听见我的问题,指着一家名叫"白家大宅门"的饭店让我看,饭店的门楣上挂着一溜大红灯笼,门前站着两排穿清朝宫廷服饰的迎宾小姐,给到来的顾客甩着手帕道万福。我又说了一句,我说,不过那字也不算太难看。西夏又让我看饭店里面长长的廊道。她装作没听见,她不愿意告诉我真相。我想如果她不是哑巴,这样的问题她是没法逃避的。哑巴在一定程度上成了她得以隐瞒的借口。既然她充耳不闻,我也不想太逼她。如果生活能够就这么平静美好,真相对我又有多大意义呢。

生活平静美好。我和西夏每天照样早出晚归,我去外面跑点业务或者干点其他的事,西夏就一个人照看书店。一切都很好。

有一天我在去西单图书大厦的路上,朋友的老婆打我手机,说要告诉我一个天大的好消息。我问她什么消息让她兴奋成这样?她说西夏的病大概能治。

"什么病能治?她没病呀。"

"哑巴呀!"她在为我高兴,"我的同事的一个亲戚也是后天的哑巴,在协和医院治好了。我同事说,现在她的亲戚比谁都能说。"

"真有这事?"

"我能骗你?非先天的哑巴很多都能治好,你可以带西夏去试试。"

接完电话,我让小货车的司机师傅掉头回书店。他说不去西单了?我说不去了,我要回去。我不是兴奋,而是震惊,如果哪一天别人告诉我,你有一个儿子了,我也会震惊,因为我还没有准备好。震惊了一会儿,我开始高兴,这回是真的兴奋了,如果西夏能够说话了,我们的生活会增加多少乐趣?我可以和她天南海北地说话,可以听见她为我唱歌,可以听她无数次地喊我的名字。我要把这个消息告诉西夏，她一定也会和我一样震惊和高兴。

西夏对我这么早就回来感到意外，还伸着脑袋去看门外有没有书。我把她拉到柜台前，若无其事地说："你想说话吗？"我想给她一个惊喜。

西夏半天才回过神来，一把抓住了我的手，两眼睁得大大的，然后开始摇晃我的手。她让我赶快说。

"我刚听说的，协和医院可以做这种手术，很多人都治好了。"

西夏的眼睛睁得更大了，对我疑惑地点头，她对这个消息还有些怀疑。她的怀疑也让我冷静下来，我想起朋友的老婆说，并非所有人都能治好，治好的只是一部分人。如果希望太大，失望会让她受不了的，所以我说：

"很多人都治好了，我们也可以试一试。"


八

第二天我就带西夏去了协和医院，按照朋友老婆的指点，挂了五官科的门诊。她说，耳眼鼻口喉是一块儿的，哑巴一般是嗓子里面有问题。接待我们的是一个三十多岁的男医生，戴眼镜，看不到口罩底下的鼻子和嘴，但是眉眼显得还年轻。说明了来意，那医生说，哦，这是个大问题，这要胡教授回来后才能最终处理。他是胡教授的博士生，现在还在实习，最后的诊断和手术都要他的导师来做。不巧的是，现在他的导师不在家，去美国讲学了，大概还要一个月才能回来。但是他可以先给我们诊断一下，让我们心里有个底。

胡教授的博士生问了西夏一些情况，主要是什么时候开始不能说话的，原因大概是什么，等等。我企图趁机探听到一点消息，结果有用的信息并不多，因为他们只是在谈病，而不是身世之类的问题。尽管如此，我还是很紧张，我不知道西夏的病能否治愈。西夏用笔回答了医生的问题。她十六岁时开始不能说话的，好像没有什么特别的契机，开始只是觉得嗓子不舒服，后来说话声音开始沙哑、吃力，一直没当回事，后来突然有一天中午，她张嘴却发不出声音，不管舌头如何折腾都无济于事，从此就成了哑巴。

医生说，这种病例很少，也不是没有，病因有很多种。

根据过去胡教授经手的病例，大部分都治愈了，当然也有不见效果的。他把情况简要地介绍了一下，就要带西夏到诊疗室拍片子。西夏有点紧张，医生让我陪着她一起去。我看到一个巨大的镜头在西夏喉咙处晃来晃去，另一边在操纵仪器的医生不时让她转动脖颈，医生说，好，对，就这样。仪器发出咔咔声。过一会儿，医生说，可以了，他已经给西夏的喉咙做了全方位的X光拍摄。他要等照片出来研究一下再做初步诊断，让我们明天这个时候再去一次。

第二天我们早早就去了，医生刚开始上班。他把拍的照片取出来，指着一幅幅照片上西夏的喉咙向我们解释。他说的我基本听不懂，只看到他手里的小棒在西夏喉部的骨骼图上指指点点，然后听他说，问题不是很严重，应该是可以治愈的，当然，这只是他的判断，最后结果要等胡教授回来以后再定，手术也要胡教授亲自主刀。他还说了一句像模像样的话：未来只能由未来去证明。

临走的时候，我给了他我的手机号码，请他务必在胡教授回来的时候通知我们，我们会在最快的时间里接受胡教授的诊断和手术的。他答应了，让我到挂号处预约胡教授的专家门诊，这样更有保证。我按照他的提醒预约了专家门诊。

刚得到博士生的诊断那几天，我很兴奋。怎能不高兴，西夏快要说话了。我看到了更好的日子在向我招手，我想，大概是我锲而不舍的真诚的生活态度最终把生活都感动了，它要让我渐入佳境。倒是西夏比较低调一些，她怀疑最后的那个结果能否实现，让一个哑巴说话，毕竟不像让一个能说会道的人变成哑巴那么容易。这时候我就鼓励她，会成功的，面包会有的，牛奶会有的，有声的世界也会来临的。

这样的好日子并没有持续多少天。有一天晚上，房东阿姨在老柳树底下遇到了我，口气怪怪地对我说："听说你们家西夏很快就能开口说话了？"

我呵呵地笑笑，她说的是我们家西夏，我说："呵呵，阿姨你也知道啦。"

"听你陈叔说的。他说这下好了，西夏能说话了，你们就是一对美满的小夫妻了。"

我记起来了，有一回陈叔叫我陪他下棋，聊天时我说的。太高兴了，我忍不住想告诉任何人。

"八字还没一撇呢，要等专家诊断后才能知道。"

"能说话好啊,"房东阿姨说,"这样她的来历想不说也不行了。西夏也是,都快成夫妻了,还遮遮掩掩的,有什么见不得人的事?"

女房东轻描淡写地说,我听了却止不住哆嗦了一下。她的来历。她的遮遮掩掩。我早就想到这一层,如果她能开口说话了,所有隐藏的都会暴露出来;即使西夏坚持隐瞒下去,我也不会像现在这样接受的。但也就是想了一下,没有真正过脑子。现在女房东把它强行塞进了我的头脑里。

那个晚上我又开始忧心忡忡,该做的事也没做好,力不从心。西夏打着手势问我怎么了,我说没什么,有点累。怎么个累法说不清,就觉得心里缺了一块,身体上使不上劲儿。然后就颓丧地睡了。西夏打起了小呼噜,我还醒着,一直在想着西夏说出真相时会是什么样子,那个真相会是什么,它让我恐惧。后来睡着了,下半夜又被噩梦惊醒了,我梦见西夏开口之后,一直隐瞒的那个真相出现了,是一个巨大的黑东西,像一口黑洞洞的矿井,把我和西夏决绝地隔开了。我伸手去拉她,她也向我伸手,但我们怎么也无法再抵达对方。那个真相出现后,分离就由不得我们了。

我就喊,然后就醒了。

西夏在我身边,被我的喊叫吓坏了。我抹了一把脸上的汗,说没事了,做了个噩梦。她下床给我倒开水,喝过水,我抱着西夏接着睡,凌晨才重新睡着。

我的生活变了,我没法克服自己的恐惧,因为我克服不掉执拗地想象西夏隐瞒的那些东西的欲望,在想象里,它们一律是可怕的,毫无疑问要将我和西夏分开。我比以往任何时候都爱这个打小呼噜的女人,也比任何时候更恐惧她的真相。当西夏出现在我面前时,它开始折磨我;西夏不在身边时,我就觉得西夏随时会消失掉。生活整个进入了连绵的阴雨期。

回家的路上我终于忍不住了,问西夏,我说你很想开口说话吗?

她点点头。她点头点得很迟疑,这些天她已经感觉到我不对劲儿了。

我又问,如果你一辈子都不能再开口说话,你会难过吗?

她看着我,不知道该怎么回答。她把我的胳膊抱紧了,摇晃我的手,她想让我说得更清楚些。

我说:"我害怕你说话,怕失去你。"

不知道西夏明白我的意思没有。当一个真相出现,我们的爱情、我们的相守就不是我们说的算了。可是我没法跟她说出这些古怪的想法。

西夏抱住我,在众目睽睽的马路上,脸贴到我胸前,不知道她为什么就哭了。

生活一天一天地过,我在心里算计着胡教授到来的日子。我开始失眠,常常西夏一觉醒来,我还在床头灯下看书。我让她继续睡,我看完了那几页就睡。她很听话地闭上眼,缩在被窝里,抱着我的一条腿。我坐在床上时,她喜欢抱着我的腿睡觉。

一天晚上,西夏刚睡下不久,我在床头灯下看书,手机响了。为了不影响西夏睡觉,我赶紧接电话,一个男声说:"喂,王一丁先生吗?胡教授回来了。"

我脱口而出:"对不起,你打错了。"就挂掉了。

电话再次响起,我犹豫到底该和他说什么。铃声越响越大,我拿起手机。

还是那个男声:"对不起,打扰了,我想证实一下,不是你预约胡教授的吗?"

我在回答之前看了看西夏，她侧着身子面对着我，还抱着我的右腿，闭着眼，嘴角微笑，像在吃东西似的动了动嘴。我一手握着手机，一手抚摸她的脸，开始说话。

*2004年2月28日凌晨，北大万柳*

居延

一

这段时间生意火得不行,要租的,要买的,每天几十号人打电话来找房子。唐妥跟老郭和支晓虹忙得团团转,吃盒饭和上厕所都得速战速决。总算遇到个下雨天,办公室里一下子安稳了。北京一年难得下几回雨,稍微下了点像样的雨,所有人都跟到了世界末日似的,发了疯地要从大街上逃掉,往单位跑,往家里跑,能不干的事尽量不干。老郭突然闲下来有点不适应,一圈圈转着圆珠笔,没事就往电话上瞅。支晓虹在涂指甲油,一边涂一边嘀咕,都疯了。不知道说的是谁。唐妥在QQ聊天，顺手就给朋友敲过去这几个字。朋友问：啥意思？唐妥敲：房价呗。敲完了又补上一句：买房的人。北京的房价这一两年的确是高得离谱，吃了伟哥一样，诡异的是，越贵大家越上赶着买，唐妥所在的这个分店一天最多成交七套二手房。只能说是疯了。都疯了。

朋友说：你这鸟人，得了便宜还卖乖。都不买房子你吃个屁。跟着是一个鄙视的表情，大拇指向下。

唐妥说：我他妈累得连梦都做不动了。

朋友说：正经的，哥们儿，你海陵人吧？

唐妥说：不是，就在那儿念过大学。

朋友说：一样。啪地传过来一个"寻人启事"，大意是，找一个叫胡方域的男人，说一口海陵味的普通话，四十六岁，一米七，戴黑框眼镜。寻人者居延，启事里居延还说，已寻多日，京城米贵，危难在即，希望老乡和朋友们搭把手。然后是联系方式。

唐妥说：靠，净给我找事，想我英年早逝啊。哪来的？

朋友说：网上瞎转悠看到的，你们海陵人死光了？没一个站出来跟帖的。

唐妥说：北京又不是海陵，哪那么多海陵人。

还想接着聊，天晴了，都下午四点多了太阳还是出来了。阳光一照世界又乱了，大街上凭空长出来一茬茬的人。电话响了，跟着有人推门进来。唐妥赶紧关了QQ，上班时间聊天原则上要扣半个月奖金。等一摊事忙完，唐妥早把寻人的事忘了。

两天后，晚上睡觉前唐妥随手翻当天的报纸，副刊上有人写了篇关于《桃花扇》的文章。看见侯方域的名字他觉得脑子冒出来一个似曾相识的东西，很抽象，说不出来是什么，就歪着头想，想起了胡方域。第二天上班，唐妥忙里偷闲从QQ上找出聊天记录，记下居延的手机号码。据唐妥所知，海陵人在北京还真不是很多。半个老乡，能帮一点是一点。中午吃完饭他给居延打电话，竟是个女的。怯生生的声音，背景嘈杂，应该正走在大街上，风把她的呼吸声都吹得飘了起来。

唐妥说："其实我也不知道能帮你什么。"

"你已经帮了，"居延很感动，鼻音都出来了，"在北京我谁也不认识，有个人说句话也是安慰。"

这么一说，唐妥自己都被自己感动了，一股豪情挡不住地往嘴里冒:"见面再聊,没准我真能帮上点忙。"

下午唐妥在店里正接待一个咨询二手房的客户,推门进来一个姑娘,这是十一月份,姑娘围了条小白碎花丝巾。她说:"唐妥先生在吗?"

唐妥抬起头,一下子没回过神。从来没有陌生的姑娘找过他。支晓虹咳嗽一声说:"妥儿啊,耳朵不好使?"老郭在一边就挤眉弄眼地嘎嘎笑。唐妥想起来了,站到半截的时候说:"你是,居延?"

居延下意识地退一步,说:"要不你忙,我过会儿再来。"

支晓虹说:"没事,他不忙。"又对唐妥说,"你去复印那两份合同,这位客户交给我了。"

这是他们常用的暗号,谁有事要先走,另外两个就说那个去复印材料了,以防总店的领导突击来查岗。唐妥会意,但毕竟是个漂亮的女孩子来找自己,提前溜掉有点难为情。他就给他们相互介绍,这是支姐,这是老郭,这是我老乡居延。老郭说,啰唆,还不带老乡去复印。唐妥就笑笑,随便抓了张纸在手里,示意居延跟着他走。

离下班还有一个多小时,他们去了海淀剧院斜对面的麦当劳。居延拿出一张照片，四十六岁戴黑框眼镜的男人胡方域。唐妥摇摇头，没见过。北京接近两千万人，一个人走丢了就是一根针掉进大海里。居延说，我找了一个月零三天，嗓子都哑了。他是我爱人。

唐妥看看照片又看看她，说："你多大？"

"二十六岁，"居延说，脸突然就红了，"我们还没结婚。"

唐妥想，靠，跟我一样实在。很多朋友告诫过他，别问女人年龄，他就是记不住，一好奇舌头就自作主张。唐妥说："我二十八岁。其实我在海陵就待过四年，大学毕业就再没回去过。六年了。"

"哦，"居延有点失望，开始把照片往包里装，"这几年海陵变化很大。"

"我记得城南有个体育场，破破烂烂的。"

"嗯，我家就在那附近。"居延眼睛一下子亮了，"我们经常去散步，那天他说去买包烟，就再没回来。你有烟吗？"

唐妥掏出烟，麦当劳不准抽，居延捏着那根烟在鼻子前转来转去。因为那个体育场，居延相信了对面的这半个老乡。那天晚上他们俩一起散步，胡方域摸了半天摸出个空烟盒，他说去体育场门口的小店里买包烟就回来，居延就倚在跑道的栏杆上等。长跑的一老一少从她面前经过三圈、五圈、十圈，胡方域还没回来，打他手机，一直响没人接，居延想起来他手机扔在家里书桌上了。她回到家等，一夜，一天，两天，一周，她给她知道的与胡方域有关系的所有人都打过电话，也报了案，在报纸上登了寻人启事，一个月过去，杳无音信。她想，真的去北京了。胡方域说过很多次，早晚去北京。她就来了。他丢的时候天还热，现在北京的早晚开始冷了，路两边的树叶子一片片往下掉。

"你想怎么找？"唐妥问。他请居延在麦当劳吃晚饭。

"我也不知道。"居延说，茫然地看着窗外马路上堵得结结实实的一长串汽车，每个车主都在焦躁地摁喇叭，"北京太大，有点不知所措。"

他们一共聊了三个小时，没聊出多少有价值的东西。唐妥看得出来，那姑娘除了寻人的坚定决心之外，剩下的主要是茫然和恐惧。她说她来的时候什么都不怕，一肚子孟姜女式的悲壮，她没来过北京，不知道北京到底什么样，她知道电视上看见的北京算不了数。但她还是没料到是现在这个样子，如同陷进了无边无际的沼泽地里。唐妥太理解了，他来北京四年，现在想到二环三环四环五环依然犯晕。

临分手，居延问唐妥能不能帮她在附近租到房子，旅馆久了实在住不起。最好离北大清华近点，胡方域说到北京时，提到最多的就是北大和清华，他是大学里的副教授。这也是居延下了火车就住在海淀的原因，她觉得胡方域可能会在附近出没。唐妥说，没问题，他就是干这个的。

## 二

租房子的事唐妥很上心，第二天上了班就看店里的房源记录。当然有，但要挑价廉物美的。有很多房主多年就靠房租吃饭，养刁了胃口，委托给房产中介公司时拼命地把价往上抬，他们清楚中关村这一带地皮金贵，随便在路边搭个棚子都能卖个好价钱。尽量是一居，单住。唐妥找了几家合适的打去电话，三两句话就被回了，都不愿意短租。要短租价钱也贵得要死，还不如住旅馆划算。居延是没法长住的，没准明天找到了胡方域，那明天就可能退房走人；下个月找到下个月就走；也可能找了十天半个月没找到，一灰心中途放弃了。他给居延打了电话，她犹犹豫豫也不敢确定。能知道啥时候找到那还用找嘛。

忙活了一上午也没见眉目，午休时唐妥想起北大三角地，著名的三角地现在其实就是几块破宣传栏，上面的租房信息比较多，尤其是活租，只要钱跟得上，爱租多久租多久。因为来北大进修、旁听的人太多，一茬茬跟吃流水席似的，手里攥着空房子不愁找不到房客。唐妥就骑了自行车跑过去。运气很不好，正赶上管理人员在那里铲除小广告，地上一摊碎纸片，啥信息都没了。要走的时候，一直站在旁边的一个大妈问他，是不是找房子。唐妥点头，说了大概要求，大妈手一挥，没问题，跟我走。唐妥跟她穿过北大西门进了蔚秀园，看见房子时都快哭了。那也叫一居。就在院子里单砖砌了四面墙，用楼板和石棉瓦苫了一个倾斜的顶；旁边贴着墙又搭了一间更小的屋子，有个蹲坑和一个电热水器。

"没厨房？"唐妥问。

"厨什么房，"大妈说，"北大里面七八个食堂都是厨房。"

口气相当豪迈，好像北大是她家后院似的。有点不靠谱。唐妥借口考虑考虑，骑上车就跑，上班还是迟到了五分钟。公司副总顺路过来检查，正跷着腿坐在店里训话。支晓虹见唐妥进门，抢先说："复印好了？"

"机子坏了，"唐妥立马会意，"等会儿再去拿。张总，早该给我们配台复印机了。"

"配个老婆你要不要？"张总说，"现在公司手头紧，钱都投到开分店上了。奥运会之前房地产走势越来越好，得好好抓一把。"他把五指张开，然后迅速合拢，跟攥住了一个大麻袋一样。

正好有个咨询电话打进来，唐妥接完了张总也走了。老郭说："唐妥，忙忙叨叨干啥呢？"

"帮朋友找房子。"

"什么朋友这么卖命？一上午就没看你消停。"

"我知道了，"支晓虹说，翘着她的绿指甲，"那叫什么？居延！没错，居延。还挺上心呢，没啥瞒着我和老郭吧？"

"支解，别拿老实人开涮了。人家可是来找男朋友的。"唐妥和支晓虹同岁，还大她一个月份，但支晓虹天生有当大姐的癖好，逼着唐妥叫姐。唐妥就从了，本来打算叫肢解，不太好听，就叫支解了，反正音一样。唐妥把在蔚秀园的遭遇说了一通，老郭和支晓虹很生气，明摆着抢他们饭碗。老郭说，那也叫房子？咱们就是失了业也不能叫卖那种东西。

支晓虹在屋子里转了两圈，突然对唐妥说："能不能等两天？没准我可以让一间给她。"

"你？"唐妥和老郭都没明白，"那解夫呢？"

"以后别姐夫姐夫的，八字还没一撇呢。"

老郭一脸坏笑："都在一张床上过日子了，那一撇还是有的。"

"老郭你闭嘴！"支晓虹说，"你就别问了唐妥，姐的事用不着你操心。"

接下来两天唐妥继续找，还是没有合适的。晚上十点半支晓虹给他打电话，如果还没找到，明天就可以让居延搬到她那里住。唐妥问解夫呢？支晓虹说，没有什么姐夫，散伙了，那狗日的滚蛋了，两居室都是她一个人的，闲着也浪费，租一间出去多少补贴点生活。

这是唐妥没料到的，他知道支晓虹这人干什么都讲速度和效益，但是这回分手还是快得过了头，真是迅雷不及掩耳盗铃之势。前几天刚听她在店里咕哝，骂那个四眼狗，看上去戴小眼镜穿西装打领带人模狗样的，一肚子弯弯绕的肠子。现在就散伙了，而且家产都分完了。那房子两居，就在他们分店的楼上，支晓虹等于在家办公。当时小眼镜刚从上海过来做IT，火烧火燎地要找房，做了支晓虹的客户。支晓虹就给他找了这套，跟房东谈价时帮他说了几句好话，因为房东打算把它租给做生意的一对夫妻，他们的孩子要来人大附中念书，也火烧眉毛地找房子。最终小眼镜租下了。他很感谢支晓虹，上下班没事就会到店里转一圈，三转两转就把支晓虹转到他床上去了。也可能是支晓虹主动转到人家的床上去的。反正现在他们是散伙了。小眼镜散伙的代价是，卷了铺盖走人，又替支晓虹续交了一年房租。支晓虹觉得白住一年还不足以解恨，应该租出去一间再赚点，就算是捞回点青春和精神损失费了。

"租几天算几天，"支晓虹跟唐妥说，"租金嘛，意思那么一下就行。就当姐跟你一起干好人好事了。"

就这么定了。第二天中午，唐妥帮居延搬进了支晓虹的另一间屋里。为了表示对支晓虹的谢意，他又请支晓虹在附近的"大瓦罐"吃了一顿饭,居延和老郭作陪。

对于唐妥的热心,老郭表示了深刻的怀疑。才半个老乡,至于嘛;最关键的是,居延年轻漂亮,哪个男人见了不想动歪心思,除非他有毛病。背后老郭问,动了没?

"看你想哪儿去了,"唐妥说,"老郭你都四十多岁的人了还操心这个。"

"那当然得操心。一、这是兄弟你的事;二、现在不操这心,过两年一把年纪了,见了漂亮姑娘连点想法都没了,那多悲惨。"

"说实话,年轻漂亮啥的我还真没怎么上心。我帮她,主要是因为她那老男朋友出走的地方,就是那破体育场,当年我一到晚上就在那里出没。谈恋爱。"

"那一定是初恋。而且被人踹了。"

"老郭,你在房产公司真是屈才了,应该去大学带心理学博士。"

老郭谦虚地说,哪里哪里,我也就多离了几次婚。老郭是个神人,整天乐呵呵的,哪天不高兴了那一定是离婚了,十年来他马不停蹄地离了五次婚。问题在于,他是跟同一个女人。两人一不高兴就离,一高兴又结,不高兴再离。结了离，离了结，再离再结，把民政局婚姻登记处的人都弄烦了，这一次次反复，忙来忙去等于无效劳动。登记处的人跟老郭两口子都熟了，跟他开玩笑，哪怕你换个人离也好啊。老郭就骂他，不厚道啊，我们复婚了我可要说给老婆听的。登记处的人说，你可别，就当我什么都没说，欢迎再次光临。

的确让老郭说对了，老郭是久病成医。唐妥大四那年喜欢同届政治系的一个女生，女生走读，家在市区，离体育场不远，他每天晚上骑自行车跑到体育场和她约会。两人好得每天晚上都想穿一条裤子，但是两人胆子都小，都在雷池这边磨叽，搞得既痴迷又痛苦，每天晚上都在体育场耗到半夜。唐妥先把女孩送回家，再骑车拼命往学校赶。那时候他们师范大学管得严，熄灯后宿舍区的大门就锁上，幸好靠近操场一边的铁栅栏围墙上有根一头脱焊的铁条，一掰就闪出个空当，侧侧身也能挤进去，唐妥每次从体育场回来都得钻这个空当。有一回正钻着，被打着手电的六号楼的门卫老头抓到了。老头用灯光直直地盯住唐妥，说，那是一个洞，你明白我的意思吗？这句话不知怎么就变成了段子在学校里流传开来，很多同学一见到唐妥就说，那是一个洞，你明白我的意思吗？

这只是唐妥初恋史中一个悲壮的小细节，还有很多细节可以说明他为什么对体育场如此情有独钟。比如，为了谈恋爱，他的毕业论文写得仓促潦草差点被导师毙掉，不是写得不好，而是没达到导师的预期。在他导师看来，唐妥完全可以写出更好的论文。这还不算。因为女孩父母反对，他们约会的时间越来越少，女孩晚上出不了门，唐妥一个人在体育场孤零零地坐到半夜，然后凄凉地回到学校。更可气的是，女孩父母最后找到学校领导，说了一通他的坏话，甚至要求学校将唐妥开除。当然不可能开除，但导致的直接后果是，唐妥毕业后没能留在海陵，市环保局已经决定录用他，到了政审提档案的时候突然决定不要了，系领导跟他说，这里有文章，认了吧。不认也得认，搞得唐妥匆忙回老家的小城当了名中学教师。然后他才知道，女孩她老爹在海陵是个响当当的人物，老人家对女儿的一生自有其更好的规划。他的爱情最后是不了了之，跟女孩不见面不通音信。他听说女孩最后进了市委宣传部。

唐妥也觉得自己的初恋实在是很落俗套，但有什么办法呢。世间的失败爱情无非那几种模式，哪一种最终都免不了似曾相识。可是肠子都跟着打结的难过是唐妥自己的，毕业离校的那几天，和同学们喝完酒他就一个人骑着自行车去体育场，坐到空荡荡的后半夜才回来，觉得自己也空空荡荡，然后一路空空荡荡地淌眼泪。他觉得应该把体育场给记住了，就各个角落走，看。那个时候他还不知道将来的生活会是什么样，以为体育场就是他的一个终点了。所以他要痛彻骨髓地记住。当然，后来的生活一直在变，神仙都预料不到，谁会想到他能从那个小城的中学里辞职，去南京，又来北京，在一家房产中介公司的一个分店里帮别人买房子、卖房子，租进和租出房子。

他决定认真帮助居延，主要是因为那个破体育场。那是他们的接头暗号。两个沦落人相遇他乡，相互跟对方说：我来这里是因为那个体育场。够了，别的什么理由都不需要了。

三

安置好居延，唐妥去了趟青岛，参加表弟的婚礼。回来后支晓虹就数点他："妥儿啊，你那老乡头脑有问题。"唐妥一愣，以为居延影响了她的生活，且听支晓虹继续，"找什么找？明摆着那丫胡什么不想跟她过了才把自己弄丢的，找到了有屁用？还丢！"

这几天，支晓虹迅速把自己弄成居延的闺中密友。居延的确也单纯，三两句体己话就愿意轻信别人。凭支晓虹的外交能力，用睡前醒后的那点时间足够将她们的聊天深入下去，基本上明白是怎么一回事。支晓虹的结论是：如果胡方域不是死掉了，那一定是自己主动人间蒸发的。都蒸发了，还不明白吗？她认为胡方域跟小眼镜一样，男人都是他妈的一路货。她就是站在居延跟前的一面活生生的镜子，可居延就是不明白。要命，女人都傻，没见傻成这样的。

支晓虹显然没能从自己失恋的不幸中脱出身来。但你得承认，她不是一点道理都没有。太平盛世，一个人没了，活不见人死不见尸，警察都没招，还能说明什么问题。

"就算那丫胡什么不是跟哪个小妖精私奔，"支晓虹又说，"也没这么找人的。指望马路上俩人迎面碰上，玩传奇哪！"

"那支解的高见是?"唐妥问。

"扔掉那男的别管了,"老郭插一嘴,"跟咱唐妥过拉倒。"

支晓虹拍一下老郭肩膀说:"我看可以。咱俩想到一块儿去了,耶!"然后暧昧地跟唐妥说,"妥儿啊,那娘儿们皮肤可是一等一啊,我都想上去摸一把。"

他们经常这样开他玩笑,只要有年轻漂亮的女孩来店里,等人家一走,他们俩就在口头上为唐妥乱点鸳鸯谱,好像唐妥害了多大的饥荒。唐妥也习惯了,笑笑就过去了,反正都不当真。但这次唐妥脸有点红,毕竟居延从海陵来,做支晓虹的邻居也跟他有关系,不是过去玩笑中的那种冰凉的顾客。红一下也就过去了,唐妥解嘲说,同志们,我唐妥也是有过女朋友的。

支晓虹说:"对,把这事都忘了,咱们妥儿有过三个女朋友呢。"

老郭说:"这不是为他操心第四个嘛。"

正开玩笑,居延在玻璃门外敲了两下,可以进来吗?支晓虹一个劲儿地招手,进进进。居延进来对大家点头笑,然后问唐妥:"中午能请你帮个忙吗?"

老郭替他回答了，没问题。唐妥只好点头。本来他想趁机眯一会儿，坐了一夜的车，现在直犯迷糊。

午饭后唐妥硬撑着在电脑上玩"连连看"，等居延来找。十二点一刻，居延急匆匆地来了，叫上唐妥就往人民大学走。问她也不说，直接进了人大的照相馆。居延跟摄影师说，可以照了。摄影师让他们俩并排坐在一条长凳上，在镜头后指挥，靠紧点，再紧点，对，笑一下，亲热一点，像平常一样。唐妥的脖子还是硬的，发现居延已经把脑袋侧到他肩膀上头了。闪光灯亮了一下，摄影师说，搞定。唐妥心里毛茸茸的感觉还没消退，已经有人帮着把照片打印出来了。居延在照片上轻轻地笑，唐妥发现自己也在笑，一脸僵硬的幸福。即便如此，唐妥还是觉得自己照得还行，对得起摄影师和八百万像素的机器。可是，这是为什么？

居延已经出了门。唐妥跟上，在人大的校园里迅速地走。很难相信居延能把路走得这么快。他们来到一间复印室，居延掏出一张纸，把照片粘在那页纸下方的空白处，跟复印的女孩说："五百份。"唐妥看清楚那是张"寻人启事"，寻胡方域，纸页的右上方有他的二寸免冠照。五百张"寻人启事"正哗啦哗啦从一体复印机里吐出来，两男一女的脸复印得都很清晰。唐妥终于忍不住,这成了什么事。

"晓虹姐说,他可能不想要我了,"居延盯着"寻人启事"说,"我不信。如果他还想着我,见到这照片一定会找我的。"

唐妥明白了,他不尴不尬地把脸放在她旁边就是帮忙装成一瓶醋,让胡方域尝到点滋味。她以为男人扛不住二两酸?太荒诞了。简直可笑。越发觉得支晓虹说得对,都能弃你而去了还在乎这点酸?

"你生气了?"居延无辜地扑闪着两只大眼睛,"我知道他是不会不要我的,他一定是遇到事想不通才走丢的。看到照片他就会回来找我,他一直都不喜欢我和别的男人在一起。"她看见唐妥手插口袋一直吧嗒嘴,开始看自己的脚尖,半天才说,"如果你实在不愿意,我再找别人。"

唐妥心一横,就当陪她过家家了。这个忙他若不帮,怕是没有谁会头脑发热借张脸给她用。幸亏女朋友跟他散伙了,要不看见这"启事"也得跟他散。在他的经验里,这种匪夷所思的女孩还是头一回碰到。想想又觉得正常,那个姓胡的男人也够莫名其妙的,真是不是一家人不进一家门。黑碗打酱油,对色了。

第二天唐妥的手机响个不停，不是电话就是短信，争相说他们看见他的结婚照了：老婆挺漂亮嘛；啥时候办喜事啊；都登记了也不吭一声，太不哥们儿了；什么时候可以瞻仰一下嫂子或者弟妹啊；那戴眼镜的男的是你大舅子吗；好日子总算开始了；等等。几十号人前来慰问，唐妥都不知道自己在北京竟然还认识了这么多人。他一遍遍地向朋友们解释，他不过是帮朋友个忙，就是个劣质花瓶，可没人相信。帮忙帮到电线杆子上、天桥上、楼道口、公交车站、大学里的海报栏，这个人情不是一般的大啊。就连前女朋友也发了条意味深长的短信，说：挺快的嘛！！！！！！标点符号比汉字还多两个。唐妥都蒙了，这家家过大了，前女朋友住回龙观，是在家办公的时髦SOHO，她都知道了，可见已经大白于天下了。他咬牙切齿地给居延打电话，她正在朝阳区张贴"寻人启事"，听说那么多人看到了启事，开心地说：

　　"太好了，方域一定也会看到的，谢谢你啊唐妥，我还得继续贴。"

　　然后就挂了，一点都没听出唐妥的声音都变成铁青色了。气得唐妥直跺脚。老郭和支晓虹在旁边忙活，一脸坏笑。唐妥逮了空上网，想把那个罪魁祸首的朋友骂一顿，刚登录QQ，朋友发过来一张图片，还是那个"启事"。胡方域板着脸，他和居延笑眯眯地把脑袋扎一块。朋友接着发过来一句话：兄弟，够快的，过去咋没看出来呢。附一个两只眼都变成红心、嘴角口水直流的色眯眯的表情符号。也就是说，居延带着他已经进军网络了。一场浩大的海陆空立体战。唐妥绝望地关了QQ，世道乱了。

老郭幸灾乐祸地说："兄弟，往好里想，你俩要真成了，结婚照都省了。"

"都跟你似的，脸老皮厚。"支晓虹说，"结多少次婚用的还是同一张结婚照。妥儿啊，那'启事'我也看了，起码没打上你名字吧。"

唐妥一想，没错，的确没自己的名字。总算保全了一点贞操，不幸中的万幸了。跟着出了口长气。


四

等居延向他道歉时，唐妥火气早消了。一是唐妥性格如此，过了就忘了。二是他前两天接了个打错的电话，他说他不是武冰，对方不信，那你是谁？唐妥。唐妥是谁？没听说过。这也是常有的事，但唐妥就想进去了，妈的，没人知道你是唐妥，还理直气壮地报出家门，你以为你是谁啊。然后想到居延的"寻人启事"，实在没必要惊慌失措。不就借张脸嘛，多大的事，就算名字打上去也没什么，还真把自己当个人物了。居延也不容易，一张张贴出来，一次次往网上发，换了自己女朋友丢了，他未必能千里迢迢地来忙活。

居延说："我请你们吃饭。"

距照相那天已经一周，很多人见到了那张"寻人启事"，这两天已经没人再向唐妥通报他曾被瞻仰过。这说明认识唐妥的人也就那么几个。但是胡方域杳无音信。居延依然说，她谢谢大家，在支晓虹的房子里亲自下厨，请唐妥、支晓虹和老郭吃饭。

手艺不错。他们都吃出来了，尤其红烧和清炒两种，该浓酽的麻辣香醇，该清淡的松脆清明。唐妥他们三人在北京待久了，都染上了一口麻辣，吃得丢了半条舌头，就好奇居延生活在海陵，居然也麻辣得如此地道。居延腼腆地笑笑说：

"他喜欢麻辣。"

为了胡方域对辣椒和花椒的嗜好，她花了整整一年时间学习川菜，厨房的墙上贴满了从网上下载的菜谱，办公桌抽屉里也放着两本书，没事了就翻出来溜一眼。她是南方人，过去沾了麻辣就跳脚，现在若去重庆和成都，吃遍一条街都不会有问题。热热闹闹的饭桌上慢慢就静下来，大家突然发现胡方域走丢对居延来说是件多痛苦的事了。两分钟之前还觉得居延千里寻准夫挺好玩，甚至荒谬和滑稽。看来凡事只要你干得认真，都能够生出足够的悲剧感来。

支晓虹咬着筷子问："你要找到什么时候？"

"找到他走到我跟前，说，我们回家。"

她在一所中学教书，碰上了他也去上班，下了课她就在办公室里等他，等他站在门口敲敲门，说我们回家。她习惯了。她的中学跟他的大学相距不远，都上班的那一天，他们只骑一辆电动车。当然这是在居延离开工作单位之前。从去年开始，胡方域觉得两个人都忙，家里就荒了，也不缺那几个钱，就让居延办了停薪留职。居延有点舍不得，但也没到伤筋动骨的地步，就回家做了全职准太太。胡方域课不多，但学问做得辛苦，的确也需要一个人专门伺候。

"有希望吗？"老郭说完了才觉得自己不厚道。

"只要我在找，就有希望。"

唐妥没说话，只在心里摇摇头。虽然居延的回答坚决得如同格言，但如果胡方域根本就不在北京，或者打死也不愿意露头，前提都没了，哪来的希望？这相当有可能。太有可能了。唐妥觉得他这辈子最大的美德之一就是，不相信奇迹。但是居延的信心像只防风的打火机，慢慢地又把饭桌烤热了。大家换了个方向继续聊。

就说到了拉郎配借唐妥做花瓶。居延再次道歉，也是没办法的办法。她进苏州桥北边的大洋百货里买手机充值卡，旁边是拍大头贴的摊位。一个女孩挑了几个大头贴相框，拍的时候发现有个相框太大，一个人根本填不满，问了老板才知道那是两个人合影的相框，当然大。女孩就拉了一个正挑旅行包的陌生男孩来填空。男孩说，你男朋友吃醋咋办？女孩气呼呼地说，酸死他，让他不陪我！居延觉得倒可以借鉴一下，胡方域能吃麻辣也能吃醋。谁知道还是没效果。居延说，一定是他没看到。

"要是他还念着你,不用找也会回头。"支晓虹还守着她的老逻辑。

"我一定得找到他,"居延把茶杯转来转去,"没有他,我都不知道以后该怎么办。"

"没他怎么就不行?一个人有这么重要吗?"唐妥说。

"人家感情深呗。太感动了,"老郭吃了辣椒似的咝咝啦啦直吸气,"以后不能再离了。"

唐妥的疑问得到支晓虹的附和。支晓虹没离过婚,但她前后谈过不下八个男朋友,不知怎么就好上了,一不留神又分了,马不停蹄地花前月下,因此十八岁以后的生活格外充实。分多了就没感觉了,所以也不觉得哪个人有多重要。三条腿的蛤蟆难找,两条腿的男人遍地都是,死了一半地球照样转。

居延小声说:"我都明白。"就不往下说了。倒是老郭有了某种优越感,喝着居延的啤酒数落唐妥和支晓虹:"你们哪,一个字,俗!"

支晓虹赶紧摸胳膊,这是他们俩习惯性的斗嘴动作,呀呀,老郭你看,鸡皮疙瘩掉了一地,都是你给瘆的。

一通大笑。接着说正经事,怎么找更有效率。说来说去无非那老三篇，不过就是再来一遍，往细节上落实：人工找，在街头和网络上发"寻人启事"；在报纸上登"寻人启事"，比如《北京晚报》和《新京报》等；报警，让警察帮忙。后来唐妥又想出一个，发动连锁的兄弟店面一起帮忙，在每家房产中介的房源信息张贴栏里贴上一份"寻人启事"，多一个人看见就多一分希望。这事有点难度，得支晓虹和老郭一起上。支晓虹拿下公司最高领导，让他同意加一份"寻人启事"；老郭是本店店长，负责把兄弟店长搞定，务必认真帮这个忙。至于唐妥自己，他住在北大西门外，每天上班前坚持到北大和清华贴一圈"启事"。

就这么定了。第二天也就办成了。

难度最大的是支晓虹，她亲自跑到公司总部，先是磨了半天副总，副总不敢点头，因为这事说小是小，说大也大，一堆房源信息里猛不丁蹦出个"寻人启事"，实在有点怪异，影响公司形象。支晓虹只好又去磨正总，把居延都上升到了现代孟姜女的高度。孟姜女起码还明确知道老公在长城工地上，居延根本不能确信她男朋友是否在北京，帮一个弱女子胜造七级浮屠啊。而且，换个思路想，一张扎眼的"寻人启事"恰恰说明我们公司仁爱义气，这是免费的广告呢。支晓虹没想到自己的口才这么好,把自己都感动得鼻涕眼泪一大把。老总扛不住支晓虹不停地抽他办公桌上的抽取式纸巾,就答应了。

回到店里,支晓虹趾高气扬地一挥手:统统拿下。晚上到了住处,她沉痛地对居延说,不容易啊,为了你我差点跟我们老总上床了。居延心眼实,看不出来她在开玩笑,答应一定好好再烧一桌川菜请他们吃。

唐妥的工作最简单,也最烦琐,每天都要往北大清华跑。"启事"上依然有他貌似幸福的脸,张贴进海报栏时常有学生惊异地发现,照片上那个面带微笑的男人好像跟贴"启事"的人很像啊,就勾过头来看他。唐妥笑笑说,是我。习惯就好了,就像每天他得早起四十分钟,开始困得眼睛睁不开,几天也就习惯了。

《北京晚报》和《新京报》分别刊登了"寻人启事",间隔三天。"启事"见报的那两天,唐妥都有点神经质了,一看见别人在看报纸,就下意识地去瞅他们看的是否是刊有"启事"的那版,若是,就继续看人家眼光落在哪里;如果不是,他就会失望得干着急,恨不得直接上去指明方向。就那么小豆腐块大的方框,淹没在众多广告和别的信息里,唐妥心底里对它几乎不抱任何希望，作为一个资深的报纸读者，很多年来他都没想过要把眼光偶尔放到那个嘈杂拥挤的地方。

二十二天过去，北京如常。居延早出晚归，回来时依然是孤身一人，当她站在房产中介的店门口时，唐妥、支晓虹和老郭一起对她无奈地摇摇头。所有的信息出去后再没有回声。那天傍晚，天挺冷，居延站在店门口，隔着玻璃门对唐妥说：

"我不知道该怎么办了。"

## 五

这是北京的十二月底，风把居延的呢子长裙吹斜了。衣服是她到北京现买的，短皮靴上的两个小绒球摇摇晃晃，脚很小。她说，我不知道该怎么办了。

唐妥拉开门问："没希望？"

"积蓄不多了。"

冬天黑得早，五点刚过北京就影影绰绰。支晓虹带客户去看房子了,老郭在电话里通知客户房源情况。唐妥小声跟老郭说,他去复印,就跟了居延去了她的住处。暖和的地方好说话。

居延的房间收拾得清爽温馨,床头柜上摆着她和胡方域的合影。胡方域脸瘦长,下巴尖得好比左右两刀利索地砍出来的,这让他看起来更像是个搞哲学的。在唐妥的想象里,哲学副教授也应该是这副尊容。居延就圆润多了,这样的前中学语文老师一定招学生喜欢,长得就有亲和力。唐妥把合影的相夹拿起来,他记得上次没有这张照片。

"看什么呢?"居延给他端了一杯茶。

唐妥放下相夹,说的跟内心的感觉完全相反:"挺有夫妻相的。"

"我怕挺不住了,"居延说,"卡里的钱越来越少。"

正说,手机响了,是居延的父亲。唐妥在旁边听得很清楚,老爷子态度强硬,一分钱没有,赶快回来!挂了电话居延坐在床上一声不吭,在她预料之中。唐妥早就知道她父母一直不支持她来北京。唐妥说,要不给你妈再好好说说?当妈的心都软。居延摇摇头,他爸总算对搞哲学的还存着两分敬畏,她妈更难缠,她才不管什么哲学理学,对准女婿就没有过好脸。她妈从开始就极力反对她和胡方域在一起。她停薪留职她妈更反对，没了经济来源，等于自己主动把脑袋系到别人的裤腰带上，随别人摆布。男人没一个靠得住，胡方域这样的，尤其靠不住。居延说，在家我理财。她妈说，屁，你以为你都抓到手了？胡方域失踪之后，她妈说，看看，没说错吧，他要没有小金库，出门喝风啊。

"我妈信不过他。他是我老师，比我大那么多。还没离婚就跟我在一起。可是他的工资卡的确在我这里。不过现在也要空了。我知道爸妈错怪他了。"

哦。唐妥又去看胡方域，他的眼光从黑框眼镜后面冰凉地直着出来。唐妥和居延念的不是一个大学，没领略过胡方域老师优美雄辩的口才，连胡老师的名字都没听说过，但是居延说，胡方域在他们学校尽人皆知，张嘴就是一篇美文，所以中文系的很多学生都跑哲学系去听他的课。居延是众多旁听生中的一个，她会早早地去阶梯教室占第一排的座位，在最近的位置上感受胡老师让人绝望的才华。她喜欢胡方域讲课时五指张开不停翻转的手势，他引经据典无视讲稿，从黑格尔说到莎士比亚，从王阳明说到帕斯捷尔纳克到北岛到《春江花月夜》，既是思想的盛宴也是修辞的杂技，听得大二女生居延常常忘了记笔记。

刚进大三，她继续旁听胡方域的课。有一天下课，她和女同学一起去校门口买零食，聊起找男朋友的标准，她语出惊人，要找就找胡方域那样的。正好胡方域骑着辆破自行车从旁边经过，听见了，跳下车，当着众同学的面热烈地表扬了居延，他说好，有追求。搞得居延一个大红脸。当时他还不知道居延的名字，不过很快就知道了。下一次课，居延不好意思坐第一排，换到了中间靠近过道的一个位子。课间休息胡方域走到她旁边，拿起她的笔记本看了看，指着她名字问，复姓吗？居延说不是。胡方域说，想起了"呼延"。那是个复姓。

事情好像就此拐了个弯，朝着两人都从来没想过的方向加速度发展。居延也说不清是怎么回事，有意无意地看着胡方域就走神，她也经常看见胡方域上课时抽空就往她这里瞟，两个人目光交交错错又躲躲闪闪。大三上学期最后一节课，胡方域下了课走到她面前，说，你要的书。她从来没向他要过书，也没借过，甚至课间对话都没有超过三个回合。但她心领神会地接过书，慌忙地装进包里。出了教室她跟同学说要去厕所,她把自己关在挡板后头拿出书。胡方域刚出的一本学术随笔,印数三千册,里面夹一张纸条,写着:如果你觉得课上得不好,请跟我讲。然后是一串电话号码。她从厕所出来,和同学一路聊回宿舍去,同学说,居延你今天话有点多啊。她悚然一惊,说,这不快放假了嘛,高兴。

犹豫了好几天,离校的前一天晚上她还是给胡方域打了电话,她颤颤巍巍地说,胡老师。胡方域十分家常地说,有空喝个茶吧,之乎者也,七点。"之乎者也"是个茶馆名。像个建议,又由不得你推辞。居延去了。那天晚上过了十点,她就被一个已婚男人抱在了怀里。那男人对她说,像做梦一样。她听了也像做梦一样,觉得相当幸福。

开了头就刹不住车,一个假期虽然除了电话没什么大动作,但开了学全补回来了。一而再,再而三,三至不竭。所有的师生恋大概都一个套路。开学的第一周里,她就是他的人了。她什么都不敢说,不敢要,一切行动听指挥。但还是被他老婆知道了,要到学校来闹,被他压下去了。胡方域总是有办法。他做什么事都有计划有步骤,睡觉的时候头脑都清醒。他跟居延说,这事你别管了,念你的书,毕业了再说。居延也就心安理得地等待毕业，课外时间去胡方域指定的地点幽会。幽会地点像胡方域的逻辑一样稳妥安全。父母知道这件事后，要死要活不答应，胡方域说，这事你也别管了，我来。她都不知道胡方域究竟是如何摆平这些事的，尽管到她毕业时他依然没离成婚，父母依然严重反对，但生活基本上风平浪静，没人给她找麻烦，甚至到毕业为止，同学们也不知道她正和一个已婚的老师谈恋爱。

当然，后来他离了，他们住在一起。胡方域说，等他评上教授就结婚。居延说好，她听他的，一直听他的。就像胡方域说的：听我的没错。居延慢慢习惯了，她喜欢听自己男人胸有成竹地说：这事你别管了。他能把所有事情都搞定，生活规划、人情往来、工作方向，统统搞定。她没什么需要自主和反对的，因为他总是很有道理，那些道理强大得让她觉得自己的任何反对都不可能是正确的。这些年都是这样，她在他预设好的生活轨道上过日子，她只负责最小意义上的那个"生活"。很好。她过得很好。有如此精确的指南针，她慢慢地就把自己的那点对生活的方向感给忘了。没必要。

现在的问题是，他丢了。如果不是"出了事"，居延猜测是和没评上教授有关。系里远比他水平次的人都评上了，他没有。更要命的是，他觉得那些人根本就不配和他一起坐而论道。以他的水平，理当出入北大清华。

"真不会有，别的女人？"唐妥又问出他们店里一直不放心的俗问题。

"不会。"居延相当有把握。

唐妥想想也是，凭胡方域对居延生活的掌控能力，有了第三者也不至于私奔。然后就想到武侠小说上常有的走火入魔。高级知识分子的精神生活唐妥没经验，搞不清深浅，没准是胡方域想事想得偏执，没头没脑不知道自己是谁了，那丢起来就容易了。但这话不能说。

"还找吗？"见居延半天没说话，唐妥就说，"先用我的。"

居延还想再挺挺，半途而废她说不定会后悔一辈子。她也不愿意用唐妥的钱，大家都不容易，也不是长久之计。最好的办法是找份临时工，可她不知道自己能干什么。除了教书和过日子，这些年她没有学习任何别的技能的机会。在胡方域的规划里，等他评上教授，有了孩子，她这辈子好好相夫教子就可以了。

只能找找看，北京这么大，一个临时工应该不成问题。说干就干，唐妥拿出手机给朋友们群发短信，让哥们儿都帮着想想办法。

## 六

两天后就有朋友招呼，朋友的朋友搞了个文化公司，缺个机动秘书。唐妥没弄懂何为"机动"秘书，怀疑是"机要"被没学问的朋友说岔了，带着居延去那公司。按地址走，总觉得走错了，他们进了西苑附近一栋破旧的居民楼，大白天的楼道里黑灯瞎火，照明灯也坏了。敲完门，伸出来一个三十来岁男的上半身。唐妥说："吴总吗？应聘机要秘书的。"

吴总把下半身也移过来，纠正说："是机动秘书。请进。"

一居室潦草改造成的办公室，客厅的墙上挂着公司牌子。业务范围包括：国内外动漫发行、代理与制作，电视台、报纸、杂志、网络等多媒体发行；卡通、商标业务开发与授权，授权产品包括包装纸和硬纸盒、塑料制品以及各种服装、装饰材料、球类、学生用品、粘贴画、厨具、书刊、玩具、食品等。唐妥把这段文字反复看了三遍，还是没能厘清个中关系。如果不是表达上出了问题，那一定是该公司业务高端他不明白，他对动漫啥的确实也一头雾水。吴总解释，所谓机动秘书，就是不需要每天都上班，有活就干，没活就在家歇着，工资嘛，干活时才有钱。

"相当于小时工？"唐妥说。

"不能这么说，"吴总说，"主要是这会儿是业务淡季，熬过去了，好日子就来了。十个八个人都得忙得跌跌爬爬。"

"那现在几个人？"居延谨慎地问。

吴总用下巴指指自己，又指指居延。唐妥以为他还会再指一个地方，他却把手塞口袋里了，半天摸出一根皱巴巴的中南海香烟来。很可能是最后一根，唐妥只好说自己从来不抽烟。"我们要简洁高效，"吴总说，"建设节约型社会嘛。"

"那面试需要什么程序？"

"已经面试过了。明天就有单业务，上午八点上班。简洁高效嘛。"

唐妥和居延面面相觑出了该公司。两人都犯嘀咕，像个骗局啊。唐妥给他朋友打电话，朋友说，放心，那哥们儿人品还是说得过去的。他过去给央视倒腾过动画片，赔了，只好挣点鸡零狗碎的小钱了。唐妥还是不放心，居延说先干着吧，闲着也是闲着。

连着几天居延被使唤得团团转。先是跟着吴总去河北一家小印刷厂谈一本书，有人花钱委托他们公司出书，吴总赚其中的差价；接着是接了一单印名片的活儿，居延负责在一家打印店里监督；再有就是跟着吴总去给别人拍结婚录像，从大清早忙到闹洞房结束，那洞房闹的，每个节目都围着下半身转，居延都不好意思看；还跟吴总去竞过一次标，打算承办一台大型社区演出，吴总跟人家谈得嘴角冒泡还是没竞下来，气得大骂，这帮混蛋当官的，口袋都胀破了还要那么高的回扣。接下来几天啥活儿都没有，吴总说，先回家歇几天吧。

居延消停下来才觉得累，一觉睡到吃午饭。她算了算，除去吃喝，平均下来一天赚五十。这个数有点寒碜。支晓虹把唐妥骂了一顿，忙得跟陀螺似的才这点，你怎么给找的工作。唐妥很冤枉，北京这破地方，满地都是钱，但不是什么人弯腰都能捡到的。

"我觉得她在这儿干耗着不是个事。"老郭忧心忡忡地说,"苦海无边,回头才是岸哪。"

支晓虹说:"我一直都劝她回去。一个臭男人,他妈的也配!"

他们正忙里偷闲热烈地讨论,居延来了。她说:"我想回去一趟。"这很正常,但是大家还是吃了一惊。居延说:"趁着手头的钱还够路费。"唐妥他们不知道她已穷到了这个地步。

夜里北京下了雪,飘飘扬扬到第二天晚上才停,唐妥送居延去火车站坐晚上十点零二分的火车。空气清冷,公交车开得慢,马路两边万家灯火。唐妥问她还回来吗?居延答非所问,说那几天她也没闲着,一有空就找地方贴"寻人启事"。她说,我把"启事"都贴到河北了,为什么还不让我找到?唐妥一歪头看见她满脸都是眼泪。居延像自言自语接着说,找了一天回来,我心里就空荡荡地害怕,那感觉就像过桥的时候,怕前面的桥忽然断了。唐妥递给她纸巾,说:

"回去待几天再回来。"

八天后的上午九点,唐妥看见门口站着居延,长过膝盖的白羽绒服，围巾金黄。从她走的第二天他就习惯性地往门口看，终于看见了。唐妥去开门的时候，撞到了办公桌的桌角上。

中午在"大瓦罐"聚餐，唐妥主动要求请客。他们都想知道这几天居延干了些什么。胡方域依然没有音信。钱。居延回了一趟父母家。为了让女儿断了念想，老两口咬牙切齿地不给一分钱，但临走的时候母亲还是偷偷地塞了两千块钱在她包里。这两千块钱让居延在回海陵的车上掉了一路的眼泪。她去了停薪留职的学校，想从那里借些钱，领导一口回了，别说借钱，就是现在她要回来教书都有麻烦，她留下的坑由新调来的老师填上了，没位置了。也就是说，她基本上不算那学校的人了。

"众叛亲离了。"居延说，"众叛亲离好。"

"有我们。"唐妥说，"喝酒。"

## 七

在找到新工作之前，居延决定还去做那个机动秘书。

可吴总那边动静越来越少，一月中旬了，离春节越来越近，他那一个人的小公司能干的活儿实在不多。居延挣到的那点钱仅够印制"寻人启事"的单子。唐妥和支晓虹他们也在帮着找，没有合适的，或者说没有他们认为合适的。电梯工他们瞧不上；钟点工也不合适；倒是一个兄弟店面需要人，公司又要求签长期合同。居延不想麻烦他们，可又不得不麻烦，她的情绪低落以致痛恨自己的没用。正值严冬，出了屋冷风就扇人耳光，树干光秃，高楼和马路形容枯槁，居延走在路上像无家可归。来北京很多天了，寻找胡方域的坚定古怪的信心和激情一直充满全身，陡然就瘪下去。她在傍晚感到前所未有的虚弱，只好在天桥的台阶上坐下。一个乞丐经过，向她伸出手，她给了三块钱。一会儿又来一个，她又掏出五块钱。第三个乞丐经过时，她翻遍了口袋也没找到一分钱。早上带出来的钱都用光了。她对乞丐摆摆手，天黑了。

最后还是居延自己找到了一份工作，老本行，教书。

起因是她收到一条广告短信。某假期学校寒假招收课外补习班，欢迎报名云云。既然招学生，一定需要老师，居延就硬着头皮去报名地点打听。之所以蓄了半天的勇气，是因为这么多年如此大事都是胡方域的范围，她独立面对的已经是事情的结果了。她胆怯地问是否需要老师，工作人员漫不经心地说，哪个学校的？她说外地的。那人说，那就算了。居延说，我可以和北京的老师一样完成教学任务。那人转了一下眼珠子，说，这课可是要上到年根的。没问题。那人就去打电话，回来时说，先试讲。居延就在那间狭窄的报名房间里对着两个工作人员讲起了《从百草园到三味书屋》。十五分钟后，像头头的那人一挥手，定了。一个小时两百块钱，税另算。居延赶紧点头。这个庞大的数字。

独立找到如此好的工作居延十分开心，向唐妥他们汇报的时候兴奋得都有点难为情了。"终于做成了一件事。"她说，坚持让大家再品尝一次她的川菜。

第一堂课备得很认真，课上得比她预想的也要好。快两年没上讲台了，刚开始讲课还有点紧张，尤其是看见教室后面坐了一堆陪读的家长，脑门子上直冒汗。十分钟之后渐入佳境，声音高亢圆润，思路清明。家长们在点头。工作人员跟她说过，课上得如何，家长的脸色就是指标。这帮家长大多是高级知识分子，一肚子墨水，中学教育不擅长，但好赖是能听出来的。果然，下了课好几个家长夸她的课好。她没想到在陌生的城市里能够得到别人的肯定和夸赞，两年前她的课不也是这么讲的嘛，为什么丝毫记不起有如此巨大的成就感？回住处的路上她转着脑袋想，总算想起胡方域当年说，中学教育就是个基础教育，跟思想搭不上边。她当时也这么认为，的确，和胡方域的皇皇理论相比，她的工作只是小儿科。但现在不同，居延觉得自己孤身一人站在了风口上，大风从四面八方来，她挺住了。挺住的感觉很好。

她给唐妥打电话，只说了一句话就哭了。她说："我还有点用。"

唐妥说："好，咱们庆祝一下！"

有天上课，刚开讲居延看见唐妥像个神仙似的坐在后面，她想起唐妥今天休息。有这个特殊的听众，那节课讲得稍微有点乱，不过别人看不出来。唐妥说，他从北大过来，顺便长长知识。他夸居延的声音很好听，转身板书时姿势也漂亮。还有啊，你写字的时候小拇指是跷起来的，家长们在私下里说，居老师是个好老师。居延就红了脸，瞎说，他们才不会呢。会的，他们就这么说的，你的课程啥时候讲完？该提前订回家的车票了。一过年，北京去全世界的火车票都难买。

"腊月二十六。"

"没问题，我从公司帮你订。"

腊月二十六课程结束。一天上四小时课，所有时间算下来，税后还挣了七千多。这个数让居延直愣。她当然见过更多的钱，但独立一个人在北京能挣下这么多，她还是一下子回不过神来。那感觉就像六岁那年，一个人走夜路去迎从外婆家回来的母亲，竟一口气走了五公里，路两边风声起伏，杂草丛生。事后想着都怕，何等惊险。

结账前一天，工作人员问她，是否愿意接着上，家长的反应很好。课时费有所提高，一小时三百。居延想都没想就答应了。拿到课表才意识到，春节回去的日程要改了。新课上到腊月二十九，休息三天，大年初三接着上。这么一来，唐妥帮忙订的腊月二十七的票得退。她找到唐妥。退票没问题，唐妥来办，只是腊月二十九的火车票可能有点麻烦，公司集体订票已经结束，他这两天去售票点排队试试吧，让居延安心上课。

当天晚上唐妥就去人大的售票网点排队，第二天抽空就再溜出去排队，直到腊月二十七的下午依然没放弃，漫长的队伍一次次排到头，售票员告诉他的都是同一句话：没票。唐妥只好将这个不幸的消息告诉居延，他晚上的火车回家，没法再去排队了。

"见了鬼了，"唐妥说，"都说每天晚上七点会放一批票，可我每次在七点问他们，总说卖完了。这他妈的整整一火车的票都卖给谁了！"

老郭说："没听人家说，在北京，过年买张火车票，比他娘的现找个老婆还困难。"

居延安慰起唐妥，没事，这两天她再试试。实在买不到票也无所谓，反正初三还得上课，咱把年过到首都来，也挺好。

唐妥回家了。支晓虹和老郭都回家了。他们放年假。居延上完课就去售票网点排队，永远都是让人绝望的漫长队伍。她听见前头有人嘀咕，现在你到北京大街上转一圈，只要哪个地方有队人像尾巴一样弯弯曲曲地甩出来的，一定是售票点。居延排了六次队，一直到腊月二十九下午，还是没买到票。一生气，回到住处把整理好的行李打开，我他妈还就不走了！哪儿黄土不埋人。就在北京过了，就不信过的不是年。年前所有课都上完了,她拿到一万块钱。鼓鼓囊囊的一堆现金让她信心倍增,钱难挣都挣下了,还过不了一个年。她给父母打电话,今年不回去了。母亲在电话里难过得哭了,三百六十五天就过这么一个年,你还不回来,你一个人孤零零的这年怎么过啊。

"别人怎么过我就怎么过,"居延豪情万丈,"不就个年嘛!"


## 八

年三十上午她依然保持了旺盛的斗志,去超市买了一堆年货,鱼、肉、饺子、汤圆,还买了五副对联和一个巨大的中国结。马路上到处是慌慌张张的车辆和行人,都赶着往家跑。居延心想,过个年犯得着如此迫不及待吗。她拎着年货慢悠悠回到住处,开始打扫房间。支晓虹的钥匙留给了她,因为电视在她的屋里,居延顺便把支晓虹的房间也打扫了。擦洗收拾完毕,开始贴对联,她把每扇门都打扮得喜气洋洋,客厅的墙上挂着中国结。忙忙叨叨一个白天就过去了。

刚开始做晚饭,唐妥来短信:饺子买了没?

居延回:正煮呢。

唐妥又说:没啥事吧?有就给我信儿。先拜年了。

居延回:能有啥事?翻过年我就二十七啦。给你和你家人拜年。

回短信时她还想,哼,小看我。饺子煮好,刚送进嘴,遥远处传来隆隆的闷雷声。大冬天不该啊。冷不丁窗外炸响一个东西,五彩的火花照亮了一小截天空。是焰火。跟着就明白远处响的其实是炮仗。窗外的焰火源源不断,像一棵绚丽生长的树。又一声巨响,地板哆嗦一下,玻璃哗哗地响,居延惊得咬到了舌头,钻心地疼,眼眶里唰的泪就满了。她尝到了血腥味,赶紧回自己房间拿纸巾,一眼瞥见了床头柜上反扣着的合影。擦完床头柜没有及时地摆放好。胡方域还戴着黑框眼镜,目光隐晦平直,下巴如刀削,她向他歪过头去,没心没肺地开心。她的微笑看起来毫无来由。居延觉得眼睛里满满的东西掉下来,舌头在张开的嘴里感到越来越凉。她赶紧扯了一张纸巾贴到舌头上,心情一下子坏掉了。

世界上鞭炮声四起，仿佛各个角落里都埋伏着一堆炸药。焰火一遍遍照亮窗玻璃，房间里花花绿绿。有小孩在外面欢叫。不是说北京禁放烟花爆竹嘛。现在到处都在心事重重地响。天黑了，支晓虹房间里的电视正在播春节联欢晚会，节目主持人说，演员们已经吃过盒饭，就等着八点的钟声敲响。居延看着胡方域，这个一声不吭的男人，让她一个人在这个陌生的城市里经历除夕。胡方域也盯着她看，眼光凉飕飕的，她突然意识到，自从上了课，就没再贴过"寻人启事"，也没再去网上的各个论坛发送过。她忙着讲课，精心准备，认真批改学生的练习，忙得一天里难得有几分钟想起他。她用纸巾遮住胡方域，发现自己在照片上整个人都歪了，笑得无依无靠。

整个北京在喧闹，剩下她一个人。居延突然觉得腰软了一下，承受不了体重似的，弯腰驼背地坐到床沿上。难过得肚子里空空荡荡，身上直冒虚汗。唐妥的担心有道理，年就是年，年不是一年中随便的某一天。其他时间她都扛得过去，年不行，她终于有事了。即使能在短短的几天里一个人挣出来一万块钱，她还是有事。她高估了自己。她拿起手机开始拨父母的电话，嘟了一声又挂了，她不想惊动他们。然后她开始写短信，只有三个字：过年好。接着输入号码，刚发送完屏幕就显示发送失败。她输入的竟是胡方域的号。这个号已经过期作废了。但居延连着又往这号里发了三条：你在哪儿？我是居延。我在北京。

三个"发送失败"。她哭出声来。给唐妥发了一条：我是居延。

唐妥凭直觉看出了四个字里的伤心绝望，立马回信：怎么了？

这时居延已经重新开始吃饺子，把电视的声音调到最大，门窗关紧，窗帘拉上。她回：没事。你过年吧。

十秒钟后，唐妥打来电话，他问："到底出了什么事？"

"没事，"居延说，"我在看电视。"

唐妥说："听见了，声音很大。你感冒了？"他还听见了居延浓重的鼻音。

"没有。我好好的，在看电视。"

"真没有？"

"你烦不烦？没有就是没有！"就掐了电话。

电话接着又响，还是唐妥。居延觉得对他发脾气有点过分，却也懒得解释，索性将手机关了。

除夕这一夜,居延吃了十个饺子、两个汤圆,两眼盯着电视屏幕里的春节联欢晚会一直看到结束,然后倒头就睡。一夜乱梦如荒草,等于什么梦也没做。第二天上午醒来,晚会里的节目一个都记不起来,包括赵本山的小品,这个猪腰子脸男人上台时戴了那顶卷檐的帽子没有?下床的时候她想,大年初一,哦,今年已经是明年了。

外面的鞭炮声还在响。居延吃过饺子决定出去走走,今年已经是明年。马路上因为冷清显得比平常宽敞很多,那感觉像走在俄罗斯的大街上,路冷着,两边的楼房也冷着,行人很少,车也少,公交车里没几个人。居延从来没见过如此宽敞清静的北京,让她想起在电视上看过的"非典"时期的北京。居延信步乱走,看见一群人从中关村广场出来,手里攥着气球、糖葫芦、羊肉串和糖人,就进了广场。步行街上人都扎堆,逛科技庙会来了。居延沿街走,看见卖吃的、卖玩的、卖手工艺品和科技小玩具的,小孩牵着大人的手在人群里钻。居延重点看了剪纸、十字绣和吹糖人。吹糖人的摊子摆在溜风口,手冻得青紫,吹出的猪挺着大肚子,吹出的老鼠尾巴又细又长。居延一直看完他吹遍十二生肖。

逛完庙会接着逛商场，晚上去海淀剧院看了两场电影，居延要把今天彻底地打发掉。回到楼下已经午夜，刷门卡时黑暗处突然站起来一个人，把居延吓一跳。那人说："居延。"

是唐妥。他在这里已经等了两个多小时。天没亮他就起床去赶车，早上七点到车站，先坐汽车，再坐火车，又坐汽车，十多个小时的车程把他累坏了。本来站在这里等的，站着站着人就贴着墙往下滑，倚墙睡着了。"你怎么不开手机？"他说话直哆嗦。

"忘了。"居延从口袋里摸出手机，还关着，"我想没人找我。你怎么来了？"

"怕你出事。"

进了房间，居延发现唐妥的手冻得跟吹糖人师傅的一样青紫。"你的手，"居延说，伸手握住了，"手套呢？"

追火车时丢了。买到火车票时检票已经结束，等他跑到站台，火车已经启动，幸好最后一个车门还没关，乘务员对他喊，快点跑。他就拼命跑，大行李包在身体右侧甩来甩去，他跑得像拧麻花，总算在火车加速之前跳上了车。乘务员说，你东西丢了。唐妥把头伸出车门往后看，两只手套从口袋里掉出来，落在远处干白的站台上。

"我能出什么事。"居延说。她既感动又委屈，把唐妥的手拉到自己的热乎乎的脖子里焐着，脑袋就靠到了唐妥的下巴上。"你说，我能有什么事？"

唐妥抽出手一把抱住她，"我也不知道，"他说，"我就是担心。我妈都说，你不容易。"

"我不容易。我有什么不容易。"居延还要再说，嘴被唐妥堵上了。

那天晚上唐妥没回自己住处。第二天早上他在居延的床上睁开眼，居延已经起来了，坐在客厅里的沙发上抽着烟发呆。唐妥看见自己的衣服按顺序搭在床边的椅背上，最上面是贴身的保暖内衣，他在保暖内衣下面找到了内裤。床头柜上除了一盏蓝色台灯，什么都没有。唐妥一声不吭穿衣服，生怕弄出点动静把大年初二的早上给惊动了。远近都有鞭炮声。他穿好衣服走到居延跟前，说："起了？"

居延没看他，掐灭烟，竭力用开心的声音说："我们煮饺子吃！"

唐妥刷牙洗脸，直到坐在饭桌前两人都没说话。只是低头吃。闷声发大财。吃到一半，唐妥终于忍不住说："那天，我看到一个人，有点像他。"

"谁?"

"在北大。人很多,我骑得快,一闪就过去了。"

"什么时候?"居延一下子站起来。

"就是,听你课那天。"唐妥看她站起来,结巴了,"可能不是。"

"你为什么不早说!"居延的声音高了八度。

"我想可能看错了。我是回头找了,没找到。我就想,看花眼了。"

"看花眼了你为什么还跟我说?"居延突然像炸了毛的母兽,筷子摔到饭桌上。她在饭桌前足足站了两分钟,然后去开门,开完门又去拎唐妥的包,一把扔到了门外。唐妥站起来,本能地朝支晓虹的房间里躲,居延抓住他胳膊往外拽,"你走!"她喊,眼泪哗哗地往下掉,"你走!"硬生生把唐妥推出了门外,砰地关上了门。

"对不起,居延,"唐妥又结巴了,"我真的回去找了。真的没找到。"

"你走!"

唐妥呆呆地站在门口,旁边的人家开门露出个脑袋,看一眼又把门关上了。居延贴在门上的对联闪着星星点点的金光。上联是：吉者福善之事；下联是：祥者嘉庆之征；横批：吉祥如意。唐妥想，这对联很不工整。现在的对联越来越没学问了。他拎起包，隔着门又对居延说了声对不起，接下来顺势应该说"我不是故意的"，他没说，生生咽了回去。他又开始问自己，真看见了吗？他不敢确定。这么多天他已经问过自己无数次了。

## 九

一直到大年初五居延都不回短信。唐妥发了不下一百条，除了道歉对不起就是解释。他不敢去居延的住处找她。初五下午他决定见她，因为晚上支晓虹就该回来了，明天初六，他们要上班。居延进了课堂，看见唐妥坐在后面，嗓子一阵发干，一口气喝下了半杯水才开始讲课。

下了课居延转身就走。唐妥追上去，想说对不起，居延已经进了教员休息室。他不好再追进去了，就拐进了工作人员的办公室，冒充某个学生的叔叔，有一搭没一搭和人聊起天来。唐妥了解到，他们这种学校属于社会办学，面向整个北京市，有同步班、提高班和冲刺班，还有单科班、特色班和竞赛班。反正品种繁多。也就是说，这学校可以一年四季地办下去。聊完了，唐妥最后说，这样好。他从办公室出来，居延的课散了，人已经走了。

因为年还没彻底过完，第二天他们上班也找不到事干，三个人敞开了吹牛。老郭说他跟老婆回江西老家过年，七大姑八大姨轮番喝酒，差点喝成植物人；支晓虹说她在火车上遇到贵人，主动跟她调换卧铺，她受不了上铺的空调，一帅哥见义勇为，把下铺换给了她。唐妥心事重重地说，一个哥们儿来讨对策，他得罪了女朋友，说了一周的对不起也无济于事，咋办？

老郭说："跟他说，霸王硬上弓，下了床啥病都治好了。"

"俗！"支晓虹很不屑，"老郭你白离了这么多次婚，对女人还是一窍不通。难怪没事就离。还有你，妥儿，也白谈三次恋爱，是三次？老说对不起有屁用！就不会说点别的？你别老把她往对不起的事上引呀。你让你那哥们儿说，哎呀，我刚看中一双'接吻猫'的靴子，最新款的，你穿一定巨合适。或者说，哎呀，我朋友在大街上看见你了，说你身材跟朱莉娅·罗伯茨绝对有一比。或者——"

"别或者了，"老郭说，"恶心死了。还不如直接说'没你我活不下去'呢。"

支晓虹大喊："老郭，你俗不可耐！"

唐妥感叹，果然是门大学问。中午下了班他就去了教室门口。居延刚下课，正被几个家长围在讲台上解答问题。他等到她出来，说："我就想跟你说，这课可以一直教下去。"

"没别的了？"

唐妥本想详细地把他从工作人员那里得到的信息都告诉她，被她一问，反而不知道说什么了，因为说得再多其实就为了刚才那一句话。但他得再憋出一句给自己解围，就说："工作人员说，居老师教得好。"

居延扑哧笑了。"他们跟我说过了，"居延说，"想让我同时带同步班和特色班。还有，我还知道他们给我的课时费比别的老师少。"

"他们搞歧视，我去找他们算账。"

"别。因为我是外地的，又是主动上门找工作的。以后就不会出这种事了。我找过他们了。你不信？小看人！那些家长跟我说的。他们想私下里拼一个小班，让我给他们孩子上课，课时费每小时五百。真的，如果学生多，价钱还要高。他们说,这里聘的老师也就四百。我才知道他们克扣我了。我去找他们理论,他们说,如果我继续教下去,课时费就和其他老师一样。为什么?因为他们找不到足够多的像我这样的好老师呀。那些老师平常都得工作,我是闲人,哪个时段的课都没问题。以后就不用为钱发愁啦。我想吃必胜客。"

唐妥没想到居延一开口说了这么多,就像什么事都没发生过。他知道很大程度上是因为她给自己的生活找到了着落。她其实很需要别人跟她说说话,唐妥骂自己笨蛋,对不起来对不起去,烦死人了。坐在必胜客里,唐妥说:"祝贺你。"

"什么意思?"

"独立生活啊。"唐妥说,"你已经在把握自己的生活了,不需要别人。"

居延听了眼睛慢慢开始发直,眼看着是要走神。唐妥担心点了导火索,赶紧往回拉:"我的意思是,你适应得很快。我刚来北京那会儿,半年多了还不知道能干吗。还是居老师牛。"

居延的眉眼又生动起来,"就牛!"她说,"上小学时我是班长,老师都夸我能干。"

唐妥不知道她是在掩盖自己的伤感,还是本性使然。不管前者后者,居延能恢复小儿女情态,唐妥都挺高兴。若不是一直生活在胡方域的阴影底下,真正的居延大约就该是这样子吧。

此后两人都不提那晚的事,在支晓虹和老郭面前还是过去一样的朋友。但言语之外,那转瞬即逝的一两个眼风里,要说什么都没有那绝对是瞎话。至于那一闪而过的东西是什么,两个人都说不清楚,也不去说。他们像越发相熟的朋友,相互能渐渐开起点玩笑。或真或假,就看各自的思悟了。唐妥觉得,他正跑回到原来的地方,也好,总比跑了半截子路断了要好。他不愿再去想,顺其自然,随它去吧。他继续每天早上往北大清华跑,从不怠工,但他也从不主动跟居延说,没有任何发现。的确没有发现。他对这种原始的寻人方式不再抱一丁点儿幻想,他一次次贴,只为了减轻一点居延的负担。

同步班和特色班一周加起来三次课,两个晚上加一个周六上午;家长们帮她攒的几个孩子的家教班一周一次课,在周日上午;单纯上课占用的时间不多,但三门课要备三种教案，还要批改学生的课后练习，一周下来居延和北京的在编中学老师一样忙，甚至更忙，她不像其他老师那样随便到网上下载点资料敷衍了事，而是坚持用自己的方式把所有问题理顺，力求把每一个标点符号都落实到位。

支晓虹在店里说："可怜的居延，来北京干苦力了，晚上十一点还在备课。"

这话引起老郭的高度警觉。"她这是挣钱寻夫呢，还是打算在北京定居？"老郭抓着脑袋说，"玩长线哪。"

大家开始说居延。之前忙着说房价了。过了元宵节生意就好起来。房价也跟着过年过上去了，涨得已经没了章法，大伙也跟着没头没脑往上冲，你敢卖我就敢买，生怕今夜里就得睡马路上。支晓虹说，据她的观察，居延已经和刚来的时候大不一样了，早晚的生活细节已经充分说明问题。比如保养和化妆。刚和支晓虹住一块儿，睡前也就简单地洗漱，现在忙到深更半夜还想着用一下爽肤水、眼霜、润唇膏、护手霜。早上也是，那一套家伙，比我的都全乎。老郭你说得没错，她是有点长变样了，变在哪里我一时半会儿也说不清楚。

"好像长开了，"老郭说，"对，就是长开了。你看她眉眼，表情，都长开了。"

唐妥啥话不说。老郭两只老眼看来有时候还能闪两下光。居延变化是挺大，唐妥好像看过一篇文章，说一个人的生活是可以反映到长相上的。刚见到居延时，她就是个典型的小家碧玉相，温顺，文静，有种静淑朴素的美，看人的时候眼神里总有一丝担惊受怕样，现在稳重多了，五官渐渐疏朗，眼神里多了凌厉和力量，学会果断地拿主张了。

"这叫经济基础决定上层建筑，老郭，"支晓虹说，"我昨晚躺床上睡不着，给她算了一本账，上课赚的钱比咱们可多多了。我算明白了，咱长不过安吉丽娜·朱莉，归根结底还是口袋里没货。"

"就你？"老郭用鼻子笑了两声，"我就不信，给你守着几座银行，你还能长出国母相？那个朱什么？谁？"

"土！大明星，全世界女人的情敌。"

"我觉得，"唐妥慢悠悠地说，"那是因为她找到自身的价值了。这充分说明，没有那个胡方域，她可以活得更好。"

老郭说："有道理。咦，我怎么闻着咱妥儿的话里有股子山西老陈醋味儿啊。"

"对头！不过我说老郭，我还真觉得咱妥儿跟居延合适。她那臭男人，有什么好找的，留下来跟妥儿过得了。"

唐妥觉得自己屁股都红了。"你们可别瞎说，"他窘迫得都站起来了，"人家可是良家妇女。"

"不是良家妇女姐还不给你牵这个线呢。说真的，我看可以。"

"我看也可以，"老郭说，"那胡什么别找了，你看这多久了，就是根针，他要是想让你找到，也早露面了。以郭某人高见，去他奶奶的，咱开天辟地，迎接社会主义新生活！"

"要不，"支晓虹支吾半天，"妥儿，我把房子让给你住？"

"支解，你能不能高抬贵手，放我们贫下中农一条生路？"

"妥儿，你没听明白，你支姐姐有情况了。"老郭的表情突然暧昧起来。

唐妥一拍脑瓜，"还是郭老高，我怎么就没想到呢，那见义勇为的帅哥！支解，你可得从实招来。"

支晓虹就骂老郭，把唐妥一个纯洁的好孩子给带坏了。没影的事。就吃过几次饭，看过几次电影，听过两场音乐会。老郭就叫起来，乖乖，到底是文化人，还听音乐会呢。我都入土半截的人了，还不知道音乐是怎么会上的。唐妥心说，这支晓虹真不得了，火车上换个卧铺就换到一块儿去了，不服不行。那男的在中科院什么所工作，来找过支晓虹几次。才几次啊。搞科学技术的就是讲效率。

十

说过的话天一黑就忘了。工作照常，生活照常。周末支晓虹忽然提出要请大家吃饭，四个人聚到"大瓦罐"。支晓虹请客一定有事。老郭和唐妥端着酒杯等她发话。支晓虹谦虚一下，也没什么大事，就是聚一块儿说说话，顺便托个孤，把房子问题解决了。

老郭说："'神六'的速度啊。"

"老郭你闭嘴，"支晓虹说，"喝你的猫尿。"

老郭说："妥儿，我先喝了。该你了。"

支晓虹直来直去地说，希望她搬走后唐妥住进去，这样她放心。她问唐妥是否愿意，唐妥无所谓，一个光棍，在哪儿住都行，当然靠单位近一点更好，正好现在的租房也到期了。说话时只盯着酒杯。居延的脸红得要渗出血，一男一女，有点不合适。支晓虹说，外行，现在流行的就是男女合租，心理学家分析，男女搭配，利于提高工作效率和生活质量。支晓虹开导居延，万一来个不三不四的新房客，谁也说不好会出什么事。你一个人愿意全租下来？居延摇摇头，没那个能力。所以说，还是咱们唐妥老实可靠，有人欺负你他可以替你出气，还能帮你扛个米袋子啥的。

老郭说："没错。你看唐妥那身肌肉，不扛几袋米真是浪费了。"

居延不说行，也不说不行。支晓虹敲一下筷子："好，成交！"

第二天见义勇为先生请来搬家公司，一趟车把支晓虹的家当全装走了。唐妥跟搬家公司说，明天接着帮我搬。他的房子租期其实还有四个月，因为提前搬走，算违约，多付了一个月租金。搬家那天居延没课，她把自己关在房间里批改学生练习，外面说话声磕磕绊绊，唐妥在指挥搬家公司的人摆放行李，居延内心纷乱，一个上午只批了六份练习。到了中午，屋子里安静下来，居延反而更不好出房间了。门被敲响。居延拿着一沓练习去开门。

唐妥站在门外,"吃饭去?庆祝我的乔迁之喜。"

居延没吭声。

"要不先参观一下?"唐妥说完就转身往自己房间走。居延只好跟过去。床铺和写字台,两架子书,一台电脑,保温杯是"博士"牌,两个大拉杆皮箱,拉力器和哑铃,窗台上一盆仙人掌一盆仙人球。男人的房间。"还像个家吧?"

"就是个宿舍。"居延说。她穿一双毛茸茸的棉拖鞋,鞋头上绣着小兔子,两只大耳朵垂在鞋两边。

因为共用洗手间,头一个晚上,唐妥怕冲撞,竖起耳朵听外面的动静。九点刚过,居延敲了一下门,说:"我用完了。"唐妥才开始洗漱。此后成了习惯,居延先用,结束了敲一下他的门。

唐妥洗完了,想找个话题和居延聊几句,尽快消除住到一块儿的尴尬。奈何居延的门关上了不打开,唐妥又不好意思觍着脸去敲,一夜无话。起床后,唐妥开了门看见居延刚从洗手间出来,她已经洗漱完毕。唐妥问:"打呼噜没影响你吧?"

"还好,"居延说,"我还以为你跟阿拉伯人聊了一夜。"

唐妥就把玩笑继续往下开："我说梦话都用西班牙语。"

"我煮了早饭，一块儿吃吧。"居延说话时背对他，正往自己房间走。

"不了，谢谢，"唐妥说，"我早饭都在北大吃。"几个月来他都是贴完"寻人启事"，顺便在北大食堂吃早饭。

居延停住，好一会儿才转过身。"别去了，今天风大，"她拐进厨房，"牛奶热好了。"

吃完饭离上班还有一段时间，唐妥还是去了北大和清华。他坚持去做这件事，开始是为了朋友，现在为什么他也说不清了。居延都在怀疑它的意义，毫无疑问。早饭时她幽幽地说，谢谢你唐妥。有时候我自己也恍惚，我怎么就到了北京。早上睁开眼我经常想，我可是在海陵待了整整九年啊，一觉醒来却是在另外的地方。一个人。好多天了，忙起来我都想不起来去找他，可我来这里是为了找他的呀。不找他，我在北京干什么呢？

"生活，"唐妥说，"像我一样，像所有人一样。把自己全部释放出来。"

居延笑笑。"怎么释放？"

"你已经找对了路，"唐妥说，迟疑了一下，"我觉得他，对你，是场灾难。别盯着我看。我说的是真心话。没别的意思。他的阴影有点大。还好，你在往外走。"

居延不吭声。唐妥一碗稀饭喝完了，她才嗯一下，说："我想不明白，他为什么要消失呢？"

"想不明白就别想。可能是烦了，想换种活法；也可能是不平衡；什么都不为也没准。这世上，有几件事能条分缕析细细明明。"

居延叹口气，看一只麻雀落到窗台上。

"夜里我又梦见了体育场，越来越不像了。"唐妥出门的时候说，"一个跟一个不一样。我都不知道哪一个是真的了，甚至怀疑我去过那地方没有。"

## 十一

这次聊天效果很好，虽然短，但聊进去了，那些幽暗含混的角落被打开，于是两人逐渐自然坦荡，心无挂碍，算是开了合租的好头。一天天过，一样也不一样，比如，只要不是打算休息或者有私密的活动，两个人的房间通常都敞开，有事可以坐在自己屋里相互对话。居老师，今天又有家长夸你课上得好了吧。唐妥，今天出门你忘了关窗户了。有烟吗，来一根。你看报纸了没，那贪官被双规了。累死了，我先刷牙洗脸了。你在听什么歌？不错。比如，他们经常一起做饭，谁有空谁就去买菜。通常都是居延买居延做，她空闲的时间更多。比如，居延晚上出去上课，唐妥都会去接她。因为中间要经过一个十字路口，那地方经常有单身的行人被抢，居延有天晚上就遭遇到了，幸好有辆出租车及时过来。那次之后，居延都是打车回，尽管离住处很近。唐妥说，以后我去接你吧，反正我也没事，就当散步消食了。他一般在下课前三分钟等在教室门口，然后两个人一起走回来。他们住的那栋楼临街，楼下有小饭馆、烟酒杂货店、花店、茶馆、服装店、美容美发店，美容美发店五十米之内就有三家。他们就把这些店铺顺次看上一遍。

尤其那家叫"如雅"的美容美发店，居延走过去后都要回头朝里再看看，数一下透明的玻璃门后，暧昧的粉红色灯光底下有几条光腿。这过去是支晓虹的习惯，她经过时都要数一下，她跟居延说，她从"如雅"门口经过了无数次，从来没见过一个理发的客人，每次看到的都是穿着超短裙的女孩，大冬天也露着两条光腿。还用问？当然是小姐。支晓虹通过数光腿来推断出她们生意好坏，光腿多就说明生意一般，光腿少就意味还行，越少生意越好，因为都到后台忙活去了。唐妥也要看，居延说不行，大男人盯着人家女孩的光腿看像什么样子。唐妥就笑，去接你的时候已经数过了，咱俩对对数？居延就骂他，支姐说得对，男人都不学好。上楼的时候，居延说，过年那两天，这一溜店都关了，就她们的门还开着。她忽地就难过起来，说："她们都不回家过年。"这一个年关，只有她和她们无家可归。

如果说生活中还能有让人联想至暧昧的，就只有在洗澡的时候。房东留下的燃气热水器已经老迈，水温调节常出问题，正洗着可能水突然就热了或凉了，他们就得在洗手间里喊对方，唐妥，居延，帮个忙调冷点，帮着调热点。偶尔也会顺便开句玩笑，唐妥，把你当猪烫了吧。居延，冻成腊肉别找我。

也就口头说说，面对面还是正大庄严。唐妥喜欢看电影，偶尔他们也会一起去海淀剧院看场最新的大片。视听效果当然是好，价钱也颇为可观，所以唐妥更多的还是买碟片在电脑上看。他把声音调小，居延的课备完了就会过来一起看，声音再调大。一有好片子，唐妥就会提前跟居延讲，啥时候有空，提高点品位？

唐妥的房间居延进得多，因为阳台在这边，女孩子洗洗晒晒，又要晾衣服又要晒被子，所以唐妥上班的时候房间是不关的，居延随意进出。隔三岔五她也会把唐妥的被褥抱出去晒晒，开始不好意思帮他收，就给他短信，让他抽空回来自己收。后来干脆顺手收了，叠好放到唐妥床上，顺便把唐妥的床也收拾了。唐妥就说，这一归置，真有点家的样子。居延说，什么家，就是间宿舍。

她不接受"家"，坚持称"宿舍"，像中学、大学和刚工作时学校分的一个寄身之所。唐妥却有意无意地强调"家"。他给居延短信或电话，问：啥时候回家？居延回：几点回宿舍。唐妥问支晓虹，居延和她一起住时是不是也叫宿舍？支晓虹想了想，好像叫"住处"。老郭给他打气，小伙子，坚持住，路还很长哪。

唐妥经常会看着居延的背影出神，莫名其妙地想，如果这两居的房子他买下了，两个人生活在一起，会是哪一种样子？居延在厨房炒菜，戴着围裙，穿不带后跟的棉拖鞋，肉色丝袜里的圆润小巧的脚踵露在外面，腰微弓，头发用一块手绢随意扎着，蓬松，不那么整齐。唐妥靠着厨房门，不吭声地看，觉得有种温暖的东西强大得足以伤人，身体里剧烈地疼了一下，像肠扭转也像心绞痛，眼泪慢慢就出来了。居延被烟火气呛得咳嗽一声，转过脸看见唐妥站着，吓一跳，唐妥你吓死我了，扮鬼啊你？

"居延，考你个问题，"唐妥赶紧装洒脱，点上根烟，"女人在什么时候最漂亮？"

"我打110抓流氓啦。"

"想哪儿去了你。正确答案，在厨房里。"

"蒙鬼去吧。我算看出来了，人越懒嘴越甜。"

"这人哪，怎么就听不得两句真话呢。"

居延不说话了。翻菜的时候她听着身后的动静，她觉得能听见烟雾缠绕升腾时的清冷之声，然后，唐妥的拖鞋摩擦着地板回了房间。居延想，如果胡方域从来就没丢过，如果更早之前就意识到自己没必要像个影子一样生活，如果她没来北京，永远遇不到唐妥，那路该怎么走呢？实在回不了头去如果。

第二天下午，居延正打算眯一会儿，唐妥抱着一堆杂物进了门，纸笔、书和杯子等。居延问他兴师动众的干吗，唐妥说没事，收拾收拾办公桌。居延也没当回事，午睡起来看见唐妥的房门关着，以为他也睡了，就轻手轻脚带上门，去图书大厦买资料。经过房产中介店门口，店里人影乱晃，凑过去看见老郭和支晓虹也在大张旗鼓地收拾。居延就好奇了，今天什么日子啊，约好了旧貌换新颜。一问，才知道他们的店要搬家。

"往哪儿搬？"

"四通桥南边。被兼并了。"

居延没明白。支晓虹说："就是被取消了。"

"那唐妥？"居延打个激灵，觉得有问题。

支晓虹和老郭都低下头忙活不搭茬儿。居延又问，那唐妥呢？他们俩还是不吭声。居延转身就往回跑。电梯正往上走，她等不及它下来，直接从楼梯往上跑。开了门，唐妥房间门还关着。居延站在门前犹豫是不是现在就敲，听见屋里响着微小的音乐声，不仔细听在客厅里都很难听见。居延把耳朵尽量贴近门，那音乐清澈闪亮，让她觉得只能从温暖干净的地方传来。她开始敲门。

房间里乌烟瘴气，唐妥躺在床上抽烟，烟灰缸里堆满烟头。午睡前看见的那堆杂物放在地上。电脑在播放温暖干净的音乐，播放器变换着魔幻波纹。居延一边咳嗽一边去开通往阳台的门。

"到底怎么回事？"居延在旁边坐下来，"给我支烟。"

"没什么事，"唐妥帮她点上烟，"我光荣失业了。"

昨天公司打了两次电话通知店长老郭今天去开会。大家都觉得有情况，前几天副总和老总就先后来过店里，问他们的业务和业绩，也问各人的生活。怎么看都不像是无心的闲聊。果然，老郭在公司开了整整一上午的会，回来后无比沉重地告诉两个下属，公司整顿，合并机构，裁汰冗员。他们的店面马上取消，并入四通桥南的那家店里。老总说，这是为了整合资源，搞规模经营。现在市场上房产中介公司很多，我爱我家，链家地产，千万家房产，恒基房产，等等，竞争残酷，而且现在北京房地产一直走高，正是公司开拓发展的良机，必须改变创业之初的那种游击战经营模式，变粗放为集约，要效益不要数量。一句话，三人以下的店面撤掉，撤掉一个店面裁掉一名员工，公司不养活闲人。

"公司的意思是,"老郭把目光从支晓虹和唐妥的脸上收回来,盯着女儿假期里给他做的十字绣杯子,"我们店里必须牺牲掉一个。具体操作内部解决。"

狭小的店里一片死寂。然后老郭说:"都说说。支晓虹。唐妥。"还是没声音。老郭说:"那我先来。我嘛,年龄最大,理应自觉投降。我也打算换个像样的工作,老婆啥活儿不干,孩子正念书,没钱一天都过不下去。现在这工作他妈的怎么就这么难找呢。支晓虹,唐妥,随便聊聊。"

支晓虹开始咬指甲。一紧张就这样。"说什么呢,"支晓虹说,"没啥好说的。还是我缴枪吧。反正男朋友谈了没几天,散伙也不难过。"

轮唐妥了。唐妥笑笑,说:"都别跟我争。郭哥,你得为咱嫂子和闺女负责;支解,见义勇为人挺好的,你得珍惜,咱们不能让人家小看了。这是一辈子的事。啥也别说了,我来,我一个光棍,这身板,奥运会冠军都能拿,算命先生都说了,我会越走越好。就这么定了。"

就这么定了。

居延的烟只抽了开始两口,现在剩了个烟屁股。"你要难过,就跟我说,"居延掐掉烟,"我给你做麻辣鸡胗吃,好不好?"

"没事,"唐妥也掐灭烟,站起来做两个扩胸运动,"我这人还行吧。"

"嗯,还不错。像个男人。"

"好,这想法保持住。不是要去书店吗?走,我陪你。"


## 十二

四月里天暖和起来。唐妥还在到处找工作。像样的工作的确他妈的不好找。每天晚上回来,他都觉得凄惶。越是看见居延越觉得凄惶,让他生出自己正被这个世界抛弃的念头。居延不断地安慰和鼓励他,她说她都明白,当初她找不到工作时甚至觉得自己像条无家可归的流浪狗。这个比喻对一个女孩子来说已经相当严重了。居延说出来了。所以一切都会好起来。居延还说,唐妥你记不记得,我找不到工作时最害怕晚上,怕晚上回来时两手空空。我跟你说,要是没有晚上该多好啊,你回答说,那要怪下午,没有下午就没有晚上了。你还说,别苦着脸,都像个陶俑了。

我那么难过都被你逗笑了。你不记得了？

唐妥真不记得了。居延的善解人意简直让他心碎，他感觉她距离自己越来越远。但他还是用浑厚的男中音跟她说："没问题，不就个工作嘛。面包会有的，牛奶会有的，一切统统地都会有的。来，今天我下厨，给你露一手。"

那天早饭过后，唐妥揣着几张"寻人启事"出门，眨眼工夫又回来了。下雨了，回来拿雨伞。居延看看窗外，天灰着，雨点疏疏落落地掉。

"别去了吧，"居延说，"贴了也没用。"

她已经好多天不再贴了。城管也不让贴，见着了就说破坏首都形象，要罚款。就算城管没逮着，环卫工人一会儿也给扯了，等于没贴。最主要的，她已经没有那心劲儿去贴了。那个男人对她有那么重要吗？春节之后这个问题像虫子一样钻进她头脑里，进去了就不出来，没事她就会问自己。没有他，她居延不是活得好好的？而且每天做每一件事，都能清晰地感觉到自己在做，如同手指经过沙滩，她和她的生活切肤可感，一目了然；而过去，手指经过的是玻璃，什么都没留下，仿佛居延这个人不曾存在过一样。

"多贴一份总还是多一点希望的。"

"也就'希望'而已,"居延说,"我都快把这'希望'给忘了。"

唐妥还是去了,打伞骑自行车。刚走不久雨就变大,风也跟着起,雨线斜着溅到玻璃上。居延打电话让唐妥赶紧回来,他说没事,已经进了北大,贴完就回去。居延就在阳台上看着雨落,水在地上四散漫流,她又给唐妥打电话,先躲躲,停了再说。

雨一直没有停。一个半小时后唐妥湿漉漉地回来了,脚底下呱唧呱唧响,运动鞋里进了水。他没觉得雨有多大,从北大出来又去了清华,没想到衣服竟湿得差不多了。到海淀剧院那儿的十字路口,为躲一个闯红灯的小孩,一个急刹车,两脚撑地刚好踩水洼里了。真是倒霉都带个样子。居延让他赶紧换上干衣服,拖鞋拎到他跟前。唐妥的脚从鞋子里退出一半,停下了。居延蹲在一边说,脱呀,冷水里泡着好受啊?

唐妥慢腾腾地脱,只好自嘲说:"不好意思,开始卖生姜啦。"

居延没听懂,看见唐妥的大脚趾从破了洞的袜子里钻出来才明白,是有点像块生姜。居延红着脸说:"这有什么,谁没有生姜。"

"老是忘了买新的。早上那洞还只有米粒大。真的。"

"好啦,管你什么时候坏的。赶快冲个热水澡,小心着凉。"

唐妥洗了澡钻进被窝,四月里的冷雨立竿见影,鼻子已经堵上了。刚躺下就听见卫生间里哗哗的放水声,他问居延在干吗,居延说,反正闲着,顺手把湿衣服给洗了。唐妥赶紧叫唤,你可别随便学雷锋啊,我那衣兜里全是钱。臭美吧你,居延说,要不是那什么,给一麻袋金条我也不稀罕碰你那脏衣服。

那雨淋过唐妥就停了,第二天是个大太阳。唐妥睡一觉,焐出一身汗,跟好人一样。早上他去过北大和清华,骑自行车去找老郭和支晓虹介绍的朋友。有病乱投医,没准就撞对了人。上午和一个营销业老总谈过,下午接着和另一个做书的老总谈。唐妥来之前在网上搜集了一堆关于他的资料。该老板在北京的私营书商里排得上号,尤其这两年,从中国台湾和国外引进的几本精神鸡汤式的普及读物很替他长了脸。他的朋友在文章里写,此公头脑相当好使,早年在朋友圈中就以善于创造和引导潮流闻名。前几年他刚涉足出版业就断言,现在大家忙着赚钱都把自己赚空了,集体找不着北,信仰缺失,心灵枯竭,怎么办?补。他就四处物色可靠的补品,发现宗教信仰类的心得体悟挺合适,既有点品位又不过于高深,上及高级知识分子和金领、白领,下到家庭主妇、学生和社会闲杂人等,雅俗共赏。就集中精力做这一块,果然就找准了地方。

唐妥到那公司,正赶上该老总临时去出席个会,秘书让他在会客厅里等。唐妥就端着茶杯在会客厅的书架前转悠,老板回到办公室时唐妥已经喝了一肚子精神鸡汤。应该说相谈甚欢,唐妥好歹是个文化人。老总对唐妥的评价是:一个相当有想法的文化人。这就好,我会认真考虑唐先生的,如果不出意外,我可以提前和你握个手,合作愉快。

唐妥报以热烈的握手。出了公司看一下时间,居延这会儿应该上完课回到"宿舍"了。他给居延打电话,想跟她说,今晚咱们别做饭了,到"沸腾鱼乡"吃水煮鱼去。成不成都值得祝贺。

当时居延刚从超市出来,准备去附近一家音像店。下了课她直接去了家乐福,一口气给唐妥买了十双袜子,冬天穿的,夏天穿的,还有春秋穿的。买完了想起唐妥说过一部叫《西夏》的电影不错，描写生活在北京的年轻人。唐妥也只是听说，去了几次音像店没买到，她打算顺路去看看。手机响了，她边走边接电话。迎面走来一个人，擦着她肩膀过去，居延本能地扭过头去看对方，那人正好也转过身来看她。黑框眼镜。尖锐的冰凉的眼光。刀削斧劈过的尖下巴。他对居延说：

"是你。"

唐妥在电话那头开心地说："居老师，你在听我说话吗？今晚咱们去'沸腾鱼乡'！"

"听着哪，"居延说，一瞬间心静如水，转过脸专心说话，"不准去！我要做一桌好菜，都是你爱吃的。咱们就在家里庆祝。"

2008年2月11日，海淀南路

青城

那段时间我总梦到老鹰在天上飞。一直飞,不落下。我知道是因为一个月前又去了趟藏区,站在高山上看到很多老鹰。这辈子见到的各种鹰的图片加起来,都赶不上那一次眼前的老鹰多。老鹰力气大,可以飞很久,这我知道,但我还是替它们担心。这么马不停蹄地悬在半空,谁都受不了。因为感到累,开始喘不过气地咳,我从梦中醒来。石英钟在黑夜里明亮地走,咔,咔,咔,每一秒都迈着正步。我想重返梦境,再次感受一下我和老鹰或我作为老鹰疲惫得如何咳嗽时,老铁的咳嗽声从另一个房间里传过来。接下来是李青城的拖鞋穿过客厅,她去厨房给老铁熬药。

我在黑暗里睁开眼，抽空得上网查查，老鹰会不会咳嗽。

这是我在成都的第二年。都说少不入川，我三十岁了，虽然还是光杆儿一个，进成都应该没问题。陈总问，谁去打前站？我在五十八号人的会议室里站起来，我去。陈总看了我两秒钟，点点头，你是我心目中的人选。就你了。我面红耳赤地坐下，不是因为陈总夸我，而是我竟然当众站出来请缨。这不是我的作风。我很少有在大庭广众之下挺身而出的勇气，跳水里救人除外，那时候来不及想脸红不红的事，直接就下去了，人命关天。我坐下来，按住扑腾扑腾直跳的心脏，我知道我不是陈总的合适人选，但我是我心目中的合适人选。

报社要发展，想在成都做个子报。天府之国，西南重镇嘛，我们的报纸要壮大，没理由不去这样的好地方试试水。最后定下来我跟副总老柯先期南下，做子报的筹备工作。筹备工作说简单也简单，就是跟当地相关部门联络、选址、招聘人才，把必要的手续走好，按部就班即可。但说复杂也极为复杂，事情是人做的，你问他一声，他可以立马就点头，也可能两三个月后才点头；碰巧此人把点头的事给忘了，那活该你几个月后再问一次。反正事情就这么一拖再拖，大半年过去了，事情进展都不到三分之一。老柯不着急，他老婆在国外陪儿子读书，北京成都对他都一样，一个人过习惯了。对前途老柯也不抱希望，用他的话说，"顶到天花板了"。老大陈总退了，排在他前头的还有两个副总，这还没把上头空降一个老大的可能性算在内。他乐得在成都待下去，吃吃美食，看看美女，平均每周三顿火锅。这个安徽人，真能吃辣啊。

副总的补贴高，在成都可以住两居室的大房子；我就是个小办事员，那点补贴只够跟人合租一个两居室的小房子。当然，也是因为我想省一点儿，三十岁了，这辈子很多该做的事都没做，哪哪都需要钱。我还想多去几趟藏区，看看山，看看水，看看人，看看鹰。哦，老鹰。一想到鹰我就激动，我喜欢这种凶猛孤傲的大鸟。小时候看过一个纪录片，讲鹰的，那是鸡、鸭、鹅、鸽子、喜鹊、乌鸦、麻雀之外，最早进入我记忆中的鸟类。二十多年过去，纪录片里那只老鹰依然俯冲在我的梦里。它背后是嶙峋的高山，我能听见它的身体划破气流的声音。这种毛茸茸的清冽之声经常让我产生错觉，觉得自己的肋骨和后背上也生出了一对巨大的翅膀。

生有一对巨大翅膀的老鹰一直在天上飞，不落下。它咳嗽了。门缝里挤进来热乎乎的中药的苦香味。李青城每天这个点儿熬药。有些中医的规矩很多，比如老铁的药，大夫说，凌晨四点五十六分开始煎效果最好。四点五十六分是否对应了宇宙中某个神秘的能量点，我不知道，老铁和青城也不知道，但青城坚决执行，她希望老铁的病尽快治好。老铁具体什么病我没弄明白，我怀疑老铁自己也搞不懂了。他们俩来到成都的第二个月老铁开始咳，三年多过去，还咳。成都的大小医院看遍了，没找出原因，最近一年开始吃中药，也是从一个神医换到另一个大仙，最近是"四点五十六"这位老先生，江湖人称"咳嗽王"。没见过，据青城描述，一头银发，大胡子却是黑的，乐呵呵地像尊弥勒佛，脸色白里透红。这副尊容看着心里踏实。三年多来，老铁的变化除了咳嗽加剧，咳起来整个头脸涨大一圈，就是越咳越瘦，这个眉山人没能像他的老乡苏东坡一样富态，慢慢成了一根竹竿。大夫说，咳嗽伤气，胖才不正常呢。青城略略放了一点心。

这套两居室开始老铁和青城整个拿下了，因为老铁生病，他们俩入不敷出，才跟房东提出来，转租一间出去。

我是在杜甫草堂附近转悠时遇到的房东。因为多瞅了两眼小区布告栏里的社区信息，房东一眼看出我是个外地人，伸着脖子凑上来。"帅哥，找房子哇？"他要不问，我还会再拖一阵子，天天住宾馆我其实挺喜欢，啥东西都不用收拾。"新装修的，单间，相因，"房东说，"这个地段，想找我这种房子，没得第二家。"我问他房子在哪儿，他让我扭头往右看，阳台的窗户上垂下来两根晒太阳的吊兰的就是。果然不错，窗户都是新的。

"现在住的是小两口儿，最近手头有点紧，转出来一间。"

"他们干啥的？"

"文化人，"房东看看我，"跟你一样，精英。我没文化，我的房客必须有文化。"

有这两条我就放心了。年轻人好打交道，又是文化人，容易沟通。我跟着房东去看房。敲门，一个漂亮姑娘开了门。我就想，就这么定了。有个漂亮租友，上班看领导看烦了，下班回来调剂一下。又靠着杜甫草堂，办个年卡，每天来散散步喝个茶，神仙日子。

房子挺好，空出来的那一间十八平方米，该有的都有，还有一张大写字台。我在想象里立马给桌子铺上一块毡子,可以写字了。这些年东奔西走,笛子吹走调了,二胡音也摸不准了,有限的那点艺术童子功只剩下书法。因为毛笔带着方便。如果租下来,我就给这间屋取名"草堂"。说干就干,行李搬进来,我铺开毡子就写了幅"草堂",装上框,挂到靠书桌的墙上。要是早知道老铁和青城他们搞艺术,我可能会低调一点。

那天没见到老铁,青城出来带上了门,我只听见门后有男人在咳嗽。我对咳嗽声不敏感,在北京生活十来年,一会儿沙尘暴一会儿雾霾,没几个不咳嗽的。但那一连串掏心掏肺的咳嗽还是让我心惊肉跳。我拿眼神看房东,房东一挥手,仿佛挥一下就可以药到病除。果然就安静了。

"没事,"房东说,"肯定是吃海椒呛到了。你看我这厨房、这卫生间,没五星也得四星半嘛。"

两个地方的确收拾得相当利索。当然后来知道,是青城的功劳。都说川妹子个子小,闲不住;青城闲不住,却是个大个子,细长的身条,说她学舞蹈的我都信。搬过来第三天,我才知道她是搞绘画的。睡前照例去一趟卫生间,刚出来,她来盥洗盆前洗调色盘。我看着盘子里的所剩无几的干涸的四五种颜色，以问题代问候：

"国画？"

"画起耍的，"她说，要把调色盘往身后藏，"还在学呢。"

"跟谁学？"我没话找话，离进我自己的房间还有几步路，这个时间适合再搭一句话。

她扭过身子，调色盘依然藏在身后。她向他们的房间努一努嘴，"铁老师。"

她一直称老铁为铁老师。熟悉之后，他们俩对我也不隐瞒，老铁的确是青城念师专时的老师。青城念师专美术系，年轻的铁老师是才子，差不多成了系里女学生的男神。跟一般的狗血桥段不同，青城不是在校时就和她的铁老师打成一片的。她觉得自己在美术上天分不够，没信心往老铁面前凑，而是毕业四年后，在故乡小镇的中学里实在待不下去，辞了职，不知道去哪里时突然想起的铁老师。她说头脑里莫名地就生出一个强悍的念头：听听铁老师的意见。

那时候铁老师自顾不暇，根本没时间搭理她。他在离婚和闹辞职。老婆考上了南京某大学的博士，不打算回四川，给他指了两条路：一是也考到南京，博士考不了先考个硕士吧；二是离婚。老铁是本科毕业入的教职，一表人才，在师专里混着自我感觉还不错，一考就出了问题，人外还有很多人，连考三年不中。都毛了。学校不同意他再考，师范学校以教书育人为主，他这样整天想着往外跑，心思不在教学上，给年轻人带了个坏头；再说，系里进修是有名额的，每年都把指标给你，别人都在一边看着？老婆那边音问也渐稀少，对他大概也不抱多大希望了。偶一次听曲折传来的小道消息，有人看见他老婆跟一个陌生男人在西湖边出没。他电话质问，老婆说，有这事，去杭州开个会，还不能顺便看个西湖了？你要能到南京来，我天天跟你逛莫愁湖。老铁撞墙的心思都有了。最要命的是老铁自己怕了，考怕了，想到再考腿肚子就哆嗦。那就没办法了，老婆说，离。

那就离。决定了离，老铁反倒放松了，鼓起了烈士般的勇气决定再他妈考一次，不为去莫愁湖划船，为争一口气。他去系里请示，系主任给他四个字：除非辞职。老铁真就一根筋了，辞就辞，老子彻底解脱。但离婚和辞职不单是一张纸的事，相当于把自己从两个坑里生生地拔出来。当他血肉模糊地把自己解放了，那真是一肚子的悲愤和壮烈，哪有空理会站在家门口的李青城。说实话，他都不记得教过这个学生。他咳嗽着打开门，往堆满脏衣服的长沙发上一躺，闭上眼开始抽烟，全然不管一个陌生人在他荒凉的家里走来走去。青城也不吭声，只顾打扫卫生，要洗衣服了，才让老铁抬抬屁股挪挪身子；饭做好了，才叫老铁起来，饭还是得他亲自吃的。

那时候青城没想过要登堂入室，只是从系里打听了铁老师的境况，又见到他的颓败相，免不了心疼，辽阔的母性提前泛滥，请教的事先不提，从洒扫庭除做起来了。她认为环境好起来，铁老师人也就会好起来。她在旅馆住了五天，每天差不多老铁游荡归来的时间，她就出现在他门口。她跟着他进门，在他的咳嗽声里开始做家务。到第六天傍晚，她让老铁从沙发上起来吃晚饭，老铁抓住她一把摔到沙发上，把她裹到了身底下。

老铁那天没做成。他把青城扒光后，突然号啕大哭，弄得青城一身的鼻涕和眼泪。青城一声不吭地把两个人擦干净，又一声不吭地把两个人的衣服一件件穿好。弄利索了，她站起来，说：

"好生吃饭，我明天再来。"

没有明天。她出了门,老铁发了一会儿呆,跳起来就往外追,一直追到宾馆。进了青城的房间,老铁提起她的行李箱,说:

"退房。跟我走。"

老铁跟我讲起这段,青城打了一下他的胳膊,这怎好意思跟人家讲?"怕啥子?"老铁边咳嗽边说,"兄弟,你别想歪了啊,我只是带她回我家住。天天住宾馆,太贵了。"他的确就是带青城回家住。把卧室里的大床让给她,他还回到书房的小床上睡。晚上他把书房门关上抽烟,腾云驾雾一般,他要好好想想。"你都想不到,兄弟,"老铁说,"孤男寡女两个人,一套房子里睡了十天,相安无事。真想不起那十天我们都干了啥子。青城,我们都干啥子了?"

"啥子都没有干,铁老师,"青城用她的两只长胳膊从背后环住老铁的脖子,"我就陪你抽烟啊。还有,你说你喜欢淮扬菜里的平桥豆腐,那十天我把这道菜练成了。要不要哪天做给你尝哈?"后一句是跟我说的。

当然好。第二天我就品尝到了李青城版的平桥豆腐,果然味道不俗。适当加了一点辣椒,豆腐更鲜嫩了。这也是隔三岔五我们聚餐中的一道保留菜。但我还是好奇,"十天之后呢?"

"来成都了啊。"青城说。

老铁一阵咳嗽。他摩挲着青城白细的长手,右手食指沿着青城左手背上的蓝色血管上上下下。老铁的手也细长好看,像搞艺术的。"青城改变了我的人生观。"

"哪儿嘛。"青城嘤咛一声。

我不吭声,等着看戏。

"没夸张,"老铁喝一口热水润嗓子,"一个人在你一穷二白又六神无主的时候能守到你身边,你要感激她一辈子。青城说,已经没得啥子可失去的了,那就挪个地方,你看见的每一样东西都是新的,每一样新东西都是你的。我觉得她说得好,醍醐灌顶。为啥子非要考他妈的研究生喃!"

我也觉得青城说得好。树挪死人挪活,你越是执着地守着一个东西,越会觉得这东西重要,离了它地球都不会转了;真离了,你会发现这世界竟还有那么多逻辑在运行,先前的那个算个屁啊。我就是抱着这种心态来的成都。

他们俩拖了两只拉杆箱来了成都,每天到宽窄巷子里给人画像。现场画像就是图个乐,没几个人真去较真有几分像,但老铁画得像,非常像,所以生意不错。我看了他们房间里悬挂的作品。老铁的具象能力很好,这可能是他除了颜值外,被女学生们视为才子和男神的原因。但老铁的像只是被动的像,复制一般,必须有原件,一旦进入原创,有点找不着北。青城的复现能力就差了不少,一幅画磨一个月,都未必有老铁一周临摹出来的像,这大约也是她觉得自己才华不够的原因。不过她的画有神,三两下就能把模仿对象的魂魄给勾出来。而且胆大,画面上常有旁逸斜出的不和谐笔触,乍一看唐突,细细琢磨,颇有神来之笔。但这神来之笔她本人似乎并不自知,言谈之间,也并未见老铁对此有所点破。我们谈及青城的画,老铁常见的动作是,边咳嗽边点头,摸着下巴上看不见的胡子说:

"嗯,不错。不错。"

这个评价跟他对待我的书法一样。老铁看着我"草堂"二字,捏着下巴咳嗽说,嗯,挺好挺好。看我其他的字,也是捏着下巴咳嗽,嗯,不错不错。这"不错"说得也不多,他极少去我房间。他似乎也不乐意青城去我房间,青城过来超过三分钟,他就会以各种借口招她回去。我能理解,我老婆去别的男人房间,我也不会让她多待。

但不谦虚地说,我的书法的确比老铁好很多。画得好未必写得好，这不费解。我们经常在一起切磋，他们俩是科班出身，理论高出我一大截子，我愿意和他们聊天。忙了一天回来，有一搭没一搭说几句，就长了知识。晚饭后或者周末，老铁会去散会儿步，杜甫草堂公园进不去，就在浣花溪绕，我也跟着他们。在成都我们都没什么朋友。开始老铁还乐意我这个跟班，他咳嗽厉害了，我能给青城搭把手；后来开始拒绝，先是不愿让我帮忙，接下来散步也不带我玩了。我提出散步，他就推托有事；他们准备出门时，我如果碰巧不知趣地插一嘴，一起去啊？老铁就会说：

"兄弟，你先走，我去个卫生间。"

傻子也明白出了问题。可问题出在哪儿呢？我不跟他们比谁挣得多、谁身体好，我对青城也没有非分之想。但生活就是这样，几个人在同一片屋檐下，莫名就生出微妙的格局。只可意会，不能言传。也好，我开始有了出远门的计划，看山看水看人看鹰。有时候老柯心情好，我就多请两天假，加上周末，我会在外面待个三四天再回来。

一路往高原上走感觉很好，高原上又有大山，感觉更好。在网上认识了一个成都本地的驴友，摄影爱好者，这几年主要拍鹰。他把鹰的习性琢磨得大差不离，上了山就不会空手回，再拍两年他想做个鹰主题摄影展。进山前他会问我，要不要搭伴。能搭我都搭。我们带着户外运动的全套设备，夜晚在山上背风处支起帐篷，钻进睡袋里把自己团成一个球。次日都是同伴叫醒我，他清楚看鹰的最佳时刻。我们从一个山头爬到另一个山头，他拍，我只看；想象自己腋下也生出双翅，双翅平铺，若垂天之云，我架着翅膀一动不动就可以飞越十万大山。二十多年前那个好奇的少年又回来了，他对着鹰远去的方向嗷嗷大叫，就像它们还在电视里。一天早上，有只鹰在飞翔的过程中回了一下头，它一定听到了我的喊声。

回到草堂，我跟老铁和青城讲看见的那些鹰。他们俩跟我讲李苦禅的鹰、齐白石的鹰、徐悲鸿的鹰和王雪涛的鹰。他们的鹰都很好看，我的鹰也很好看。我对他们比画着鹰飞行和俯冲的姿态，恨自己的胳膊不够长。青城在老铁的咳嗽声中伸出手臂。她的胳膊是真长，修长的指尖如同翅尖，她柔韧放松地舞动两只胳膊。她说：

"我看过鹰飞。舒展。降落时如同一声叹息。"

"这个比喻好，贴切。"

在他们房间。老铁顺手拿起毛笔，在宣纸上轻轻地一画，笔停处的飞白淡若羽毛。

青城在老铁耳边说:"我想去看看鹰。"

老铁放下笔一阵猛咳,好像这一笔耗尽了他的气力。

这世上真有弄不清缘由的病,老铁的咳嗽即是其一。他们俩到了成都没过多久好日子,老铁的咳嗽就剧烈加重。咳嗽时没法画,素描不行,国画更不行;后来咳得人枯瘦,想画也提不上来气。慢慢地只能放下。"气"是个玄妙东西,看着一支笔没二两重,我临《兰亭序》过半就得大汗淋漓,临完了,得一屁股坐下来歇两根烟。现在的老铁已经很难把一支笔连着握上半个钟头了。

跟病人不好谈病,跟家属其实也不好谈。我只旁敲侧击问过青城,咳嗽都有个时令,老铁这个?青城说,他这个不守规矩。

"怎么办?"

"治嘛。"

她的声音坚定,眼睛看着我临摹的书法家赵熙写于一九三一年的一副"流水归云"联:流水带花穿巷陌;归云拥树失山村。赵熙是四川荣县人,一八六七年出生,光绪十八年中进士，授翰林院编修，官至监察御史，一九四八年去世。来成都之前，我都没听过这位大书法家，在博物馆的一次展览上头一次看到他的作品，甚为喜欢。回来认真查了资料，方知是四川的大书法家，也醒悟了为什么在成都常看到颇似赵字的匾额招牌。其来有自，也见出了赵字在四川的人缘。就买了赵熙先生的书法集，每天临上几笔。

"要不然，我跟到你学写赵字嘛！"

"我这半吊子野狐禅，哪敢误人子弟。"

"都一把年纪了，误不误我也就这样了。我学起耍，你也教起耍。"

我还是犹豫。非是不愿教，而是赵熙不适合她。赵字流利俊朗，拘谨却森严，有优雅的金石气，碑学素养深厚。青城的画风路子有点野，怕不容易被赵字降服。但她就对上眼了，学着玩嘛，我画字玩噻。当成画来画，那就没啥可说的了。我想她学赵字也好。在风格和间架结构上，老铁在艺术上安分守己，却也扎实，赵字他是可以指点一二的。

业余除了练字，青城也找不出合适的事情做。画得再好，在美术圈他们俩也都是无名之辈，成都这样的青年艺术家一抓一把，都卖不上价。老铁出不了门，到宽窄巷子里练摊画肖像的只有青城，挣的钱紧巴巴够生活。其他时间偶尔接点零活儿，也只是补贴家用。老铁一天里工作的时间没个谱儿，断断续续，看状态，一幅画要画好久。他的画贵一点，也贵得有限。如果身体好，能像车间工人那样批量生产，没准倒可以发点小财。他们就是带着这个假设来到成都的，到目前为止，假设还停留在假设的层面上。所以，你不让青城练字，也没什么道理。

因为学书，青城到我房间的次数就比过去多，我们在一起的时间也比过去多。有时候起风或者下雨，老铁不方便散步，青城就跟着我出去。老铁的脸色有点不好看，我不搭茬儿，出门照例跟他"待会儿见"，以示此心不虚。

四月里的第三个周五，下班回住处，青城在客厅里打扫摔碎的茶碗。成都人讲究，常喝盖碗茶。我问要不要帮忙，她没吭声，我就回了自己房间。晚上十一点，老铁的咳嗽平息了，该是睡着了。青城轻敲我门，开了门，她只伸个头，说：

"定了，明天去看鹰。"

早就说再去看鹰叫上她。前天我跟她说了，周六一早出发。她要跟老铁商量一下。

第二天一早,我背着行头出门,青城已经在客厅里等我了。一看她就没户外的经验,早早就把行头穿身上了。她手里拎着帐篷和睡袋。我瞪大眼看她,她点点头,向他们的房间努努嘴。房门关着,门上贴着一张纸条,上面四个字:乖,听话啊。她用赵字写的,挺有点模样了。我点点头,确定?她使劲点头,嗯。关上防盗门时,我好像听见了老铁的咳嗽。

没有悬念,当天下午我们就看到了一只又一只老鹰。摄影家驴友从来弹不虚发。青城从看见第一只鹰时开始尖叫,一直喊到夜色融掉最后一只。嗓子都喊哑了。哑掉的嗓子发出的声音有点像老铁。因为这个原因,半夜在睡袋里,她在我身下压抑地嘶鸣时,我经常跑神。

四月的高山上依然寒冷。我睡得晕晕乎乎,只觉得脑门一凛,青城拉开了我的帐篷。"我冷。"她搓着手蹲在我睡袋边。在帐篷幽暗的夜色里,我也能看见她细长的白腿。这傻姑娘,脱得这么彻底进的睡袋。我打开自己的睡袋,有点挤,塞下两个人还是没问题。两个人在一起,很快会暖和起来的。我们紧紧抱在一起。等足以暖和到我们身体不再僵硬,青城不再说话,我在世界上最逼仄的空间里成功地脱掉了两个人剩下的衣服。青城不说话,只是从哑掉的嗓子里发出绝望的呼喊。等她含混的声音都喊尽了,我把脑袋埋到她胸口,她叫了一声,说:

"痛。"

我要拿手电筒,她不让。我还是坚持拿了。光圈里,青城的胸口有一块淤青。

"他干的?"

青城把手电筒关上。"咳得喘不过气时,他对自己下手更狠,"这一次她贴着我的胸口说,"身上拧得没一块好皮肉。"

我不再吭声,抱着她一直清醒到天亮。

看鹰回来,我开始刻意疏远他们。要不会是一笔糊涂账。单位也开始忙,不是进展加快,而是出了问题,老柯整天跟总部搞拉锯战。总部不知道哪根筋搭错了,隐隐传出否定的闷雷,项目似乎要撤。老柯当然不答应,我们一年都耗进去了,进展也算顺利,这时候打我们退堂鼓,不地道。老柯就催我夜以继日地跑，希望通过胜利在望来要挟总部，促成分部落地。工作日我朝九晚五，周末不加班我就冒充赵熙，这是个新的生财之道。

财神是房东。他来收房租，看我在临赵熙，伸头看了两眼，说："哎，学得像哦。这是哪个？"

我跟他说，大书法家，他老乡，四川人。

"一张字好多钱？"

"没法猜，几十万上百万。"

"我问的是假的。"

我看看他，"多少钱都可能。"

"那先来一张，就当这个月的房租了。"

我当场用赵字写了一首陈子昂的《登幽州台歌》。房东把字用磁铁固定到磁板上，拧着脖子看来看去，咕咕哝哝地说，比他亲戚店里卖的那些字好多了。

"这个样子，再来两个月的。"

我又写了两张。一副对联，一幅斗方。为防止他变卦，我还白送了他一幅扇面，也是赵字。两天以后，他给我电话，问我还要住多久。说不好，得看报社的安排。

"一年没问题吧？"

"应该没问题。"

"那把一年的房租一并交了噻。"

"没那么多钱啊。"

"写。不就十二张纸嘛。"

我就屁颠屁颠地写了十二张。过一周房东来取。他说行情不错,可以再住个三年五载的。我没置可否。房东走后,我到送仙桥附近的店面转了一圈,竟在一家叫"博雅轩"的书画店里看到了我假冒的"赵熙"扇面,售价三万。当然他们加了个印,又草草地做了旧。我问店主:

"这哪位的扇面?"

"写起的,"店主是个五十多岁的胖男人,跟房东长得还真有点像,"大书法家赵熙啊。"

"确定真迹?"

"确定我能这个价?"他把脑袋伸向我,压低声音,"我博雅轩从不打诳语,不确定就是不确定。万一是真的喃?"

"如果按假的卖,您给个实在价。"

他伸出右手食指,对着我直直地摇晃,"跳楼价,不能再低了。我博雅轩不打诳语。"

再砍下去,五千肯定没问题。有数了。出了博雅轩我给房东打电话，我说以后三千一幅，大小不论。房东急得成都话都出来了：

"我哥老倌那边还要做旧，成本也很高啊。"

"不还价，"我说，"要不我就直接跟你哥老倌谈。"

房东一下子软了，"好说嘛。好说嘛。"

拿到第一笔钱，周末中午我请老铁和青城吃了顿火锅。预想的是散伙饭，吃完了我打算去找个新住处。他们俩问请客的理由，我说升职了，虽然依旧跑腿小兵一枚，级别是上了个台阶。要确保这顿火锅吃得热气腾腾。老铁很给面子，没有以服中药为名拒绝，也没有在涮锅中间咳嗽得早退。一顿火锅吃了两个多小时，不算长，但吃完了真有点累，主要是犯困。尤其老铁，精力明显不济，回到住处青城就伺候他睡下了。我也想眯一会儿，但青城精神得很，她说吃多了吃多了，得去杜甫草堂走走。要我为她增加的体重负责，一起去。

杜甫草堂的游客，从来都是川流不息。为了不被行人冲散，我们靠得很近，青城自然地就挽起我的胳膊。我没反对，很快也适应了。我曾与这个美好的身体坦诚相对过，仅此一点就让我心生感激和温暖，若非大庭广众之下，我很可能会抱住青城。随人流走了几段曲折小路，转到了杜甫草堂前。这地方我们都来过无数次。我和青城挑了块石头坐下来，看风吹起修葺一新的茅屋。说一会儿杜甫，说一会儿成都，又说一会儿赵熙，没话了。

剩下的时间我用左胳膊揽住青城，她歪倒在我怀里，薄薄的衣服完整地传达了相互的体温。我们什么都没说。直到一个孩子从旁边的小桥上摔下，哭声惊动了青城，青城一把推开我，惊慌地问，几点了几点了？

"差一刻五点。"

"得回了。"青城说，理好头发和衣服就往外走。

我们之间隔着两米的纯洁距离回到住处。他们的房门开着，老铁不在。这个点儿他很少出门。青城打他手机，没接。平均三五分钟打一次，一直到晚上七点零三分，再拨，已关机。我怀疑电是给青城打没的。我们俩在客厅里大眼瞪小眼。报警不合适，时间不够；老铁就算是个病人，你提起咳嗽，警察肯定认为你在耍他。我们继续等。九点以后她就不再坐，在客厅里走来走去，晃得我眼晕。我上前抱住她，我想让她镇定下来。她把我推开，说：

"别碰我。让我走。"

走到十二点,青城报了警。客厅里每一寸地板上都摞满了她的脚印。

警察来勘察现场,没发现意外。钱、卡、身份证等所有重要物件一应俱在。警察走后,青城给老铁留了条,我们也出了门。我骑电动自行车带着青城,清早七点推着回到住处,电用光了。老铁常去的地方翻了个底朝天,影儿都没有。刚进门,青城接到个陌生电话,杜甫草堂的。管理人员说,一大早巡园,发现有人晕倒在草堂前,还画了一堆水墨画呢,全是鹰。人已经送医院,暂时没有生命危险,肯定是画了一宿。给他手机充上电,发现有几十个同样的未接来电,就拨过来了。

"你是他啥子人啊?"对方问。

"他在草堂前画了一晚上?"

"哪个晓得嘛。反正是晕倒在一块石头上。"

我头皮一紧。去医院的路上,我问青城:"他,跟踪我们?"

青城摇摇头,两眼都是泪。不知道。

我宽慰青城,也可能就是碰巧想出来透透气,画两幅画。我也不知道自己信不信。但我知道见到老铁该说什么。

"祝你早日康复,也顺便道个别,我要搬走了。"

见了老铁我的确就是这么说的。他已经醒过来,看见我和青城进了病房,没能及时闭上眼,只好尴尬地咳嗽。青城抓住他的手,先哭出来。她用眼泪代替了说话。第一句话只能我来说。我说老铁,我要搬走了,祝你早日康复。

"你要搬走?"青城的哭声像按了个暂停键。

我对老铁笑笑,"工作需要,没办法。"

青城的抽泣声又起。老铁一下子也没反应过来,咳嗽了一阵才组织好词句,但也只是把我的话重复了一遍:

"工作的事,没办法。"

青城在医院照顾老铁,我回到"草堂"收拾好行李,大大小小也塞满了一辆出租车。没想到一年我就把自己的生活弄得如此铺张。我在客厅的饭桌上留下一个大信封,刚卖给房东的五幅字的钱。信封上写:感谢我们共同的生活。到宾馆我给房东打了个电话,生意可以继续做,我空出的那个房间留一年,给老铁和青城做画室。

一语成谶。工作的事的确没办法,老柯没扛住总部来的十二道金牌。半个月后,设立分部的方案宣布废止。纸媒面临转型,压力太大,我和老柯限期返京。在宾馆住了半个月后,我把行李简化进一只拉杆箱和一个背包里,离开了成都。

其间青城给我打过两次电话。一次转达老铁的谢意,能听见老铁在她身后咳嗽,他已经出院。一次在马路上,能听见此起彼伏的喇叭声,青城对着手机没说话,我们沉默了五分钟;我也在路上,刚从租用的办公室里收拾好烂摊子回宾馆,我们相互听了五分钟对方手机里的车喇叭声。我先摁掉的电话。摁完了给她发了一条微信:

两天后回京。

她回:鹰不会咳嗽。

忙忙叨叨,倏忽半年,突然想起房东,我在北京给他打了个电话。他说生意不好做啊,所以一直没联系我要赵字。我问他老铁和青城如何,房东来了精神。他们很好啊,房东说。我离开后,他突然想,既然书法能作假,绘画为什么不能作假呢?他想让老铁和青城给他仿古画。老铁肯定是干不动了,青城不同意,她愿意做的是临摹赵熙的字。

"不太像吧。"我有些担心。

"像，像，"房东大大咧咧地说，"神似。哥老倌说，神似。"

"神似也没法假冒啊。"

"她不假冒，落款上写得明明白白，就是临摹赵字。"

"落上临赵字？"我还是有点不明白。

"价格肯定低得多噻，她非要这样子，没得法。"

2019年1月30日凌晨，安和园

**作品专访**

# 徐则臣：我越来越看重作品的文化附着

对于即将推出新小说集《青城》的作家徐则臣，为评论界和读者再次打开了新的阅读切面，新作中的几篇小说在时间上跨越了十余年，却相互形成了某种重要关联，同时善于在不同小说中融入传统文化元素的徐则臣，再次演绎了书法对人物形象塑造起到的作用。这篇作品专访，或许将提前透露这部新作以及徐则臣对自身写作观的一次袒露。

## 01

"小说固然是一个故事，但不应该脱离一个文化和历史背景独立存在。"

傅小平：小说集《青城》除同名短篇外，还收入你写于早年的两个中篇《西夏》和《居延》。我想你把这三篇小说放在一起，多半是因为三位女主人公在某种意义上构成了一个可称为"三姐妹"的组合。"三姐妹"是世界文学人物画廊里的经典组合，像国外契诃夫的戏剧《三姐妹》等，国内毕飞宇的"玉米"三部曲等，读者都比较熟悉。当然，你笔下的西夏、居延和青城，和我能想到的"三姐妹"都不同，她们成了"姐妹"倒不是缘于血缘或情谊，而是由于"词"缘。何况她们之间没有任何交集，你写她们又经历了一个很长的时间跨度。

徐则臣：不知道别的作家如何，对我来说，系列小说最难写，从来没有按计划顺利完成过。这三篇小说是这样，前后时间跨度十五六年；去年出版的主题小说集《北京西郊故事集》一共九个短篇，前后也写了近十年；手头正在写的一个运河边的"侦探"系列短篇小说集，计划时满心欢喜要两三年完成十篇左右，眼看两年快过去了，只写了四篇。计划总是没有变化快，你永远不知道突然会冒出来一件什么事，写作计划就打乱了。当然这也是借口，骗自己的，真正的问题不在事多，也不是严重的拖延症，而是系列小说的确难写。除去整体上的考量要费一番周折，每一篇都是接下来的写作的障碍和陷阱，你得小心翼翼地避开它，以免重复和相互冲突，写得越多，雷区越大，坑越多，可供你施展的空间就越小，写作的难度就越大。所以，为了相互之间既能绝对独立又可以形成互文之势，产生有效的艺术张力，两部作品之间的创作时间就会无限期地拉大。一点办法都没有。《西夏》、《居延》和《青城》小说里的女主人公的确不存在血缘关系，在生活中也素昧平生，她们的共同点基于一种"词"缘，更基于我对女性的认知，她们分别代表了我所理解的一个类型的女性。因此可以说，她们彼此无瓜葛，但对我都很重要。

傅小平：正因为这"三姐妹"实在特殊，除了这三个有深层文化底蕴的词语本身引发你联想之外，"她们"还与你置身其中的现实生活构成什么样的关联，或者说有什么样的契合度？像居延和青城，一个是历史上的军事要塞，一个是现在还在使用的地名。你去过这两个地方吗？如果实地探访过，那就可以说不只是词语，实际上还有那片场域，触发思古之幽情之余，还让你生发灵感了。至于西夏，我们知道作为历史上的一个王朝，一度湮没无闻，直到消失了近五百年之后才被重新发现。小说里的西夏,也像是和历史上的西夏构成了某种同构关系,西夏是后天哑巴,历史上的西夏也曾经失语。

徐则臣:给人物取名字是一门大学问。人物姓名体现了作家的趣味和判断,如果对作家和作品做相关的梳理和考察,应该会有意外的发现。对小说的题目和人物的姓名,我向来比较慎重。作品是个复杂的有机体,要综合展示出写作的诸般想法,题目和人物姓名承担着符号化的重任,自然不可轻率。我喜欢历史,这在我的其他作品也可以发现,我愿意在小说中尽可能建立一个历史的维度,这样一个时间和命运上的纵深会开阔和拓展小说的空间。居延古城和青城山作为地名,中国人应该都比较熟悉;西夏是个消失的王朝,但关于西夏的传说一直不曾断绝,银川西边的西夏王陵很多人应该也去过。多少年里我都在注意收集跟西夏相关的历史资料,不是为了写作准备素材,就是单纯的喜欢,业余爱好,就像热心考古一样,相关的信息我都关注。当然时机成熟,也可能进入小说,比如长篇小说《北上》中就写到了运河故道的一次重大考古发现。写作以来,我就没断过用跟历史相关的词汇给小说和人物命名的念头,尤其是女性人物。"西夏"是个尝试，接下来有了"居延"，还不过瘾，又写了"青城"。你让我说为什么非得给这三个姑娘取这样看上去有点怪异的名字，我真说不清，确切的意义是什么，一二三，我更说不出来。就是觉得这些名字合适，不取这样的名字我自己那关过不去。

傅小平：你也像是不把她们的名字用作标题就不放过自己的。

徐则臣：我几乎不用人物名字做小说标题，但这三篇小说全用的人名，我也解释不清楚，只是觉得除此之外别无更满意的题目。说不明白不代表没想法没态度，读者尽可以去找自己的那一个"哈姆雷特"。

傅小平：真是给读者抛出"哈姆雷特"式的谜题了。像《西夏》这篇小说，我们读到结尾，也不知道西夏究竟是什么来历，如果我们假定她就是从西夏穿越而来也无妨。有意思的是，我作为读者，也和王一丁一样，希望她不要开口说话。所以，王一丁接到电话时的那种心情，都感染到我了。

徐则臣：《西夏》中，王一丁握着电话，开始要说，小说到此结束。很多朋友问，他会说什么？我不知道。我也不想知道。我把小说进行下去的权利交给读者。我的任务是交代好故事的背景与可能，就像"西夏"、"居延"和"青城"一样，我提供了人物名字和小说题目后，剩下的就拜托读者朋友了。

傅小平：设想一下，这三篇小说如果翻译成外文，是有必要对标题做注释的，因为对应的三个名词各有出处，如果缺乏相关了解，就难以深入体会小说包含的意蕴。而所谓"各有出处"，其实是说各有各的文化含量。这是不是意味着，在你看来，有出处或是有文化附着，对于小说写作来说是比较重要的？

徐则臣：没错，我越来越看重作品的文化附着。小说固然是一个故事，固然是一个人、一群人、一段生活，固然是一件艺术品，但这个故事、这个人、这群人、这段生活、这件艺术品，我以为不应该脱离一个文化和历史背景独立存在，尽管很多与背景和出处无涉或者刻意悬置背景与出处的作品可能也很优秀，但我更愿意让每一个小说都能处在一个巨大的文化和历史的场中。这个场未必很具体，可以按图索骥，与某些文化信息一一对应上，但它要与一种浩大的文化背景形成某种张力。尤其在今天，全球化，世界无限透明,生活无限趋同,你要写出跟别人不一样的作品,最可靠的差异性就来自你的独特的文化之根,它是你作为中国作家的"是其所是"。在往别一种文化语境译介时,会遇到一些障碍,因此滞后"走出去"的步伐,但长远观之,值。

## 02

"每一个作家的写作都是在建立一个自我心仪的乌托邦。"

傅小平:当我说这"三姐妹"是从词语里脱胎而来,又想会不会太绝对了。说实话,读这三篇小说,倒是觉得你构建了一个"乌托邦"三部曲。至少从写作方法上看,你做的事情是把不可能变为可能,让无事变得有事,再就是在小说世界里建立一个情爱的乌托邦。我印象中,你在这三篇小说之外,还有过别的写乌托邦的尝试,那这三篇小说是不是也可以算是你乌托邦构想的延续?

徐则臣:初衷肯定不是为词而来,这种"为词而赋"操作性也不太强,但它们都是"主题先行"的产物,如你所说，我的确是想整一个"乌托邦"。这三篇小说在我的小说里辨识度比较高，尤其《西夏》和《居延》，在我的北京系列小说中很容易就能区别出来。人物要解决的不是现实问题，也不是我一直关注的"城与人"关系中的身份认同和心理认同问题，显然也不是简单的爱情问题，她们经由爱情，解决的却是某种女性的精神自洽问题。说到底，每一个作家的写作都是在建立一个自我心仪的乌托邦，在这个广义的乌托邦中，还存在一个个狭义的乌托邦，我的写作中就可以列举出一串小说。这三篇小说也一样，我在寻找某种可能性。

傅小平：我想也许是小说构思源于一种假设或虚设，你在故事推进时就写得特别实。这很好理解，地基打得足够牢，小说大厦才能高耸入云、呼风唤雨。但换个角度，就像评论家邵燕君在谈论《西夏》时说的，因为你写的是带有神秘性或游戏性的命题，如果换一套同样细密可感，但更超然一点，或更魔幻一点的写法，是否更有利于小说实验？这就涉及从何种角度处理实和虚的问题。

徐则臣：邵老师也跟我交流过这个问题。但文学见仁见智，而且写作时有无法假设的语境，历史现场因此就显得极为重要。写《西夏》时，我一心要做的就是实践当时的小说理念，以实写虚，以无限的实写出无限的虚，所以，我在细节的推演上就顽强地按照现实主义的逻辑走。当然，"无限"也是个修辞，更多是表示了我的愿望和努力的程度。如果这篇小说写于十七年后的今天，肯定不会是这样的版本，想法会发生变化，写作技法也将不同，虚实关系也会是另一番样子。

傅小平：不管怎样，小说营造的世界，和一般意义上的现实世界，既有着紧密的关联，又保持了一定的距离。读这三篇能读出轻逸之感，也能读出抒情气质。当然这两种调性，我觉得在你的其他小说里也是有的。可能是和这两种调性有关吧，你写苦难让人感觉不是那么沉重，写残酷也会让人感觉出一些温暖。

徐则臣：这三篇小说的确是现实主义的异类，它们跳脱的努力显而易见。我不喜欢刻意地把人物和故事往极端情境推，我更看重自然和弹性，即使生活是个单行道，作家也有责任写出世道人心的双向车道来。屋漏偏逢连夜雨容易写，黑灯瞎火伸手不见五指也不难，难的是两场连绵大雨之间如何让太阳自然且必要地升起来，难的是墨一般黑的背后及时地看见远引的光。

## 03
"有些内容必须提前心里有数,否则容易写丢了,小说就可能失控。"

傅小平:就这三篇小说,如果我推测得没错,你很可能是先确定了书名或人名,再由此出发构想故事的,这在某种意义上也算是主题先行。我倒是想了解一下,这样写难度在哪里?像《西夏》,因为西夏不说话,王一丁很难和她顺利沟通,这样一来很多方面他都得靠猜想,这其中就多了一些叙事上的可能性,你要把这些可能性都想到,都写足,写熨帖,是有难度的。写王一丁的心理变化,还有写他寻找西夏的过程,要写出意味来,也有难度。

徐则臣:这样的小说没法信马由缰地写,有些内容必须提前心里有数,否则容易写丢了,小说就可能失控。必然性是什么?必然性就是把十字路口的三条道都合理地堵上,人物和故事只能从剩下的那条道走。可能性是什么?可能性就是把通往十字路口的每一个障碍都提前清理好,让人物和故事来到十字路口时，选择哪一条道路走下去都是科学的、合理的、正确的。

傅小平：是这样。我还想到收入《北京西郊故事集》里的那篇《兄弟》，这大概也是不好写的一篇小说。主人公戴山川实际上并没有孪生兄弟，他却非要"找"一个出来。这就意味着你要把子虚乌有的事情，写得真像有那么一回事。

徐则臣：《兄弟》一篇在难度上是整本《北京西郊故事集》中最大的，我必须想办法解决现实与想象、合理与不合理的无缝对接。我们都知道，就人类认知范围内，不存在另外一个自己，但找到另一个自己却又是很多人内心里隐秘又顽固的梦想，如何让两者在各自的逻辑里都成立，还得让它们在共有的逻辑里亲密无间相安无事，即要将虚的和实的实实在在捏咕到一块儿去，颇费了我一番思量。2012年就想写这个短篇，直到2017年底才写出来，写完了我长舒一口气。

傅小平：说到寻找的主题了，就得说说《居延》，贯穿这篇小说的一个核心主题，就是寻找。这篇小说有意思的地方在于，居延那么用心地寻找胡方域，真是什么办法都用了，尤其是把唐妥的照片放到寻人启事上，估计你写她通过哪些方式寻找，也着实是动了一些脑筋的。而她寻找的过程，又像是慢慢放弃寻找的过程，等到她放弃的时候，她却与胡方域在街头偶遇了，但偶遇也就偶遇，当初的那种感觉已经没有了。我想，你大概是想通过她的寻找，说明一点什么的。

徐则臣：很多事情就是这么吊诡，你以为非它不行、缺了就活不下去、地球也不转的东西，千辛万苦哭着喊着找到了，发现你可能并不需要，它没那么重要。不重要一是可能本来就不重要，先前看走眼了；另一种可能是，寻找者自身强大了，被寻者相形之下，重要性就打了折扣。居延当年对胡方域的爱不能说不真实，但爱有可能是盲目的，眼里只有这么一个宝贝，肯定是横看成岭侧成峰，怎么看怎么好，拉开了一个足可以理性审视的距离，问题就出来。她生活中的局限、精神上的弱小与依赖，在北京的寻找过程中一点点得到反思和克服，胡方域没找到，自我找到了。对方身上那永不可能相融的弊病也一点点水落石出。因为精神强壮、自立了，她才获得了平视胡方域的机会，世界因之大变：原来姹紫嫣红开遍，似这般都付与断井颓垣。

傅小平：这就什么都顺理成章了。想来小说里的胡方域脱胎于明末清初散文家侯方域，你这样取名应该是包含了一些意味的，这个人物也与唐妥构成了对照。也或许是需要有对照，作家们写兄弟一般就写俩，但写姐妹似乎就得写仨才好看。这就应了俗话说的"三个女人一台戏"，文学长廊里有这么多"三姐妹"，也是人性使然。

徐则臣：我没有数字强迫症，非得三六九或者二四八，兴之所至，然后行所当行、止所当止，有时候实在写不下去了，也会找个理由安慰自己。比如《北京西郊故事集》，当初想得挺美，来十二个故事，起码也得十个，但写完第九个，实在写不动了，那就九个，九是最大的数，也算圆满。《西夏》、《居延》和《青城》，也没想过非得"三姐妹"，只是只有前面两个不够，还缺一个，再来两个也行，但只来了一个《青城》，而且还是个短篇。朋友有点遗憾，要是个中篇就好了。我说这样挺好，太整齐了也刻意，显板。自在而为最好。

傅小平：倒也是。但你对地名真是有偏好。我还想到《跑步穿过中关村》里敦煌和保定的名字，也是来自地名。看来，你的词语系列还有扩展空间。

徐则臣：我的确喜欢用地名给小说人物取名字，敦煌、保定之外，还有《耶路撒冷》中初平阳之"平阳"、易长安之"长安"，《北上》中谢平遥之"平遥"。最早还想着谢平遥兄弟仨，另外两个谢平凉、谢平津，平凉是甘肃的一个地级市，平津把北京和天津都包括了。《北上》里没写到，下面的小说里再用。没什么微言大义，就是喜欢，觉得这些地名有嚼头，念出了声，满口的历史和文化，余味悠长。如你所说，这个空间会越发壮大。

## 04

"文化是我们的根，也是文学的源头，只有它才能最终确保我们是我们而不是别人。"

傅小平：因为是一个组合或序列，从读者的角度，我会比较这"三姐妹"的同与不同，要说同，她们都算得上美好、善良，你笔下的女性人物也大多如此。在《居延》和《青城》里，你都写到了师生恋情，也是一个共同点，两篇小说的不同在于，居延选择了放弃和胡方域的感情，而青城则是选择了承受和承担，在这篇小说里你也格外强调青城有母性的执念，它甚至超过了爱情本身。这种转换会否和你的生活感悟有关？从发表时间上看，这两篇小说也是隔了好多年。

徐则臣：没错，写作是跟年龄有关的职业，什么年龄段写出什么样的小说。你的关注点一直在变，对世界和人的理解也一直在变。青城这个形象放到西夏、居延时期，我肯定写不出来，或者说肯定不会这样写。就人物对爱情或感情的看法，西夏、居延和青城一脉相承，有相同点，也有区别，这个异同跟我自身的生活和阅历应该有一定关系。

傅小平：要说还有不同就是，《西夏》和《居延》或许还可以归到"京漂"系列里，到了《青城》，故事背景发生了位移，"京漂"都漂到成都去了。但相同的是，在三篇小说里，出租屋都是一个主要场景。以我的理解，出租屋是一个便于角色和关系转换的空间，人物住进里面，相当于临时成立了一个"偶合家庭"，确实是易于发生戏剧故事的。《居延》在写这一点上可以说是下足了功夫。

徐则臣：在北京我搬了六次家，有自己的房子之前，一直租房子住，住过各种房子。最简陋的是一间违建的小房子，房东在院子里搭的，薄薄的单砖墙，屋顶上苫着楼板，冬天冷得像冰窖，夏天热得如蒸笼。暖气形同虚设，十一月里就得盖两床被子。不到十平方米,一张床一张桌子一把椅子,一小块空地放脸盆和热水瓶,就满了。没有阳光,有一扇北向的小窗户,天冷时我把它封得死死的,要不冷风就对着我脑门吹着口哨,床在窗户底下。后来跟人合租,两居室,对方是一对情侣,房租之外,水电费等平摊。他们俩性格都好,也爱读书,我们经常交流文学和阅读,也相互借阅对方的藏书。我先搬走的,后来再见那哥们儿,才知道他俩分手了。很遗憾。出租屋有很多故事,合租的几方抬头不见低头见,有一部分公共空间,分担一部分共同的责任与义务,人际关系上,认同感上,像家庭又不是家庭,有时候比较微妙。这些年因为找房、租房、买房,跟房产中介打了不少交道,有的成了很好的朋友,他们那里的故事更多。中介大多数是年轻人,一个人在北京闯荡,合租现象更普遍。写合租,还真没特别下功夫,已知的写出来就足够用了。

傅小平:看来你写出租屋写得出彩,和你自己有过类似经历和体验有关。我读《西夏》的时候,感觉里面出租屋旁那棵老柳树是曾经为你遮风挡雨,你顺手写进去的,你还让它成了西夏的藏身之地。这是一个很好的空间或者说意象。

徐则臣：《西夏》里的那棵老柳树，二分之一原型来自我老家的一棵空心柳。念小学时每天都要从那棵老柳树前走过，树很老，肚子里空了一大块，藏个人没问题，调皮的孩子还经常在树洞里点火，树洞里被熏得乌黑。年年我都以为这棵老柳树不行了，但每年春天它竟照样萌芽，到夏天葳蕤披拂，这棵树我写过一篇小散文，更想写进小说。另外的二分之一是承泽园里的一棵树。某年去北大西门外的承泽园看朋友，离开时天乌黑，没路灯，路边有棵大树，黑魆魆地站在路边，吓我一跳，总觉得树后藏着个人。当时正打算写《西夏》，就想到了老家的空心柳，西夏藏在柳树里的细节就出来了。

傅小平：这个细节有意思，触发了我的怀乡之感，总有一些读者小时候有过藏身树洞的经验，或者至少是这样想过。《青城》里写到的鹰也有意思，小说开头就写梦到鹰咳嗽，然后是听到老铁的咳嗽声，鹰此后似乎也一直在这篇篇幅不长的小说里盘旋，这个鹰的意象算是真正融入小说里了，而且还在一定程度上起到了结构小说的作用。这该不是意外之笔吧？

徐则臣：《青城》里写到鹰，是因为我喜欢鹰，一直很想找个机会到高原上去看鹰。人总有一些"超越性"的想法，看鹰、感受和想象鹰的生活算其中之一吧。在小说中肯定也会起到从现实的尘埃中脱升而起的作用，对一个写作者，这种意义无须条分缕析地深究，直觉它在即可。要做的只是如何将这种意义自然地放大，那它就得跟现实有机结合，由老铁的咳嗽及鹰的咳嗽，或者从鹰的咳嗽到老铁的咳嗽，就是勾连的方式之一。人在大地上、在现实中要经受咳嗽及其他病痛烦恼之苦，鹰在天上、在自由中是否也有类似的麻烦和焦虑？心得说不上，就是尝试做有效的勾连，在不同的事物之间、细节之间建立起某种意义的和艺术的联系。

傅小平：从某种意义上说，《青城》也是一篇艺术小说，三个主要人物和艺术有关联，你写青城临摹赵熙的字，非得写明临摹字样，也是从一个侧面写出了她的好品质。你也可以说是借小说人物谈了你对书法、绘画的一些理解。

徐则臣：人到中年，越来越喜欢中国传统的东西，希望把身处的历史与文化尽可能地带进小说里，当然适可而止，要有度，对小说只能加分不能减分。小说本来就有信息量的指标，艺术的信息量、思想的信息量、社会的信息量，还包括历史和文化的信息量。前面咱们聊过，文化是我们的根，也是文学的源头，只有它才能最终确保我们是我们而不是别人，只有它才能最终确保我们的文学是我们的文学而不是他人的文学，它是我们的"是其所是"。《王城如海》里我在戏剧上着墨甚多；《北上》中我写了郎静山的极具中国山水画风格的"集锦摄影"艺术、麒派的京剧和江苏的淮剧，以及考古和瓷器；《耶路撒冷》里写到书法和水晶、玉石等雕刻工艺。我写到的都是我喜欢的，平常也留心琢磨的。

傅小平：读你小说的时候，能感觉到你对历史文化的浓厚兴味。你自己平时也练书法，不妨说说练书法或通晓艺术，对写作有什么影响？

徐则臣：我一直练书法，写《青城》时正在看四川的已故书法大家赵熙先生的字，顺带就写进去了。书法对我的写作影响很大，从单个字的间架结构到一幅书法作品的整体布局，笔墨纸砚的相辅相生，疏密开合，是浓墨重彩还是枯笔飞白，其间的诸般笔与墨的技法，乃至落款印信的选择，跟写作有异曲同工、殊途同归之妙。古人说，诗是有声画，画是无声诗。书即画，诗即文，即小说；此之谓也。

图书在版编目 (CIP) 数据

青城 / 徐则臣著. — 北京：北京十月文艺出版社，
2021.10
ISBN 978-7-5302-2171-6

Ⅰ. ①青… Ⅱ. ①徐… Ⅲ. ①中篇小说—小说集—中国—当代②短篇小说—小说集—中国—当代 Ⅳ. ① I247.7

中国版本图书馆 CIP 数据核字 (2021) 第 139640 号

青城
QINGCHENG
徐则臣 著

| | | |
|---|---|---|
| 出 版 | 北京出版集团 | |
| | 北京十月文艺出版社 | |
| 地 址 | 北京北三环中路 6 号 | |
| 邮 编 | 100120 | |
| 网 址 | www.bph.com.cn | |
| 发 行 | 新经典发行有限公司 | |
| | 电话（010）68423599 | |
| 经 销 | 新华书店 | |
| 印 刷 | 北京盛通印刷股份有限公司 | |
| 版 次 | 2021 年 10 月第 1 版 | |
| | 2021 年 10 月第 1 次印刷 | |
| 开 本 | 787 毫米 ×1092 毫米 1/32 | |
| 印 张 | 6.5 | |
| 字 数 | 100 千字 | |
| 书 号 | ISBN 978-7-5302-2171-6 | |
| 定 价 | 39.80 元 | |

质量监督电话 010-58572393
如有印装质量问题，由本社负责调换。

版权所有，未经书面许可，不得转载、复制、翻印，违者必究。